L'exil
est mon royaume

Guillaume berger

L'exil
est mon royaume

Editions
Humanis

PRÉFACE

Dans un style tout à fait donatesque, Guillaume Berger nous sert la pomme coincée en travers le gosier de son pseudonyme littéraire. La pomme était restée coincée là-dedans depuis toujours, et Guillaume Berger s'est donné un mal de fou pour convaincre son pseudonyme littéraire (qui n'est pas un peu fier pseudonyme littéraire) de cracher le morceau une fois pour toutes. C'est qu'à force d'être resté coincé depuis toujours, le morceau avait pris une drôle d'allure. Il ne ressemblait plus du tout à une pomme, et en vérité il ne ressemblait à rien qui puisse encore ressembler à quelque chose. Il avait l'air sorti de nulle part, il n'avait pas de couleur solide, aucune odeur assise, sa texture était comme le cri vide entre des membres écartelés et il avait le goût anonyme des nuits sans rêves. On aurait dit que le morceau avait perdu toute signification une fois arraché au gosier du pseudonyme littéraire.

Alors, Guillaume Berger s'est dit qu'il allait le lui remettre dedans. Recoincer le morceau bien au fond du gosier du pseudonyme littéraire jusqu'à redevenir une pomme et oublier toute cette malheureuse affaire de temps perdu. Devenir banquier et passer sa vie à écrire des comptes en banque pleins de promesses de vie facile.

Mais Guillaume Berger s'est finalement ravisé. Les vies faciles ne l'intéressent pas, et, ce morceau informe, c'était bel et bien celui qui avait accompagné toute la vie de son pseudo-nyme littéraire. Ce morceau, c'était toutes les difficultés enfer-mées dans une seule vie.

Les difficultés sont sans frontière et elles se répètent inlassa-blement dans les mêmes régions. Elles n'ont pas de langage pour s'exprimer et elles sont tous les langages exprimables à la fois. Elles appartiennent à tous et ne se partagent avec personne.

Alors, Guillaume Berger a choisi d'arrêter de penser comme un philosophe télévisé en difficultés et a commencé d'écrire des lieux sans parages hantés par des fantômes sans âme inca-pables de communiquer entre eux. Les limbes, et aucune exis-tence bien facturée avec de solides lignes de faîte pour se sou-tenir. Tous ensembles, les fantômes hurlent un langage particu-lier, leur langage perdu que personne ne comprend plus, isolés dans un monstrueux brouhaha que s'est efforcé de retranscrire Guillaume Berger. Il s'est efforcé de le retranscrire en français, à cause des lecteurs sourcilleux, et parce que lui-même n'y com-prenait plus rien et qu'il était bien forcé de s'y retrouver un peu. Il l'a retranscrit en français, avec beaucoup de répétitions terri-blement lourdes et lancinantes et inlassables, dans un style tout à fait donatesque qui exprime son appréhension toute person-nelle des difficultés.

Et on ne pourra pas s'empêcher de soupçonner le héros de constituer le genre de parfait imbécile manipulable et passif, une chose molle à quoi personne ne saurait s'identifier qui s'efface sous des cohortes de personnages inutiles. Mais, passif ou pas, c'est pourtant bel et bien le héros, et en face de lui les cohortes de personnages ne sont peut-être pas si coupables d'être tellement inutiles…

C'est que Guillaume Berger n'arrive pas à penser qu'on puisse mourir tout à fait inutile. Alors, c'est peut-être un peu la faute de son pseudonyme littéraire, tous ces cris qui déforment la vie…

Ce morceau de pomme exilé sur son plateau de papier.

« Entonces qué ruta, qué asfalto borracho podrá llevarlo
lejos de sí mismo... »

Une bonne amie qui boude un peu

« Je ne sais pas. Mais ce que je sais, c'est que la vie n'est rien
de plus qu'une foule de détails désordonnés comme les bulles
qui craquent dans la bière. Elle n'est jamais une œuvre d'art. Le
Premier Roman donc sera une foule de vies comme la bière qui
s'évente. »

Le héros

Alors, voilà, j'ai encore négligé de rendre mon existence cohérente. C'est pourtant simple : dorénavant ici, j'aurais dû penser à ne rien laisser là-bas, et si je ne m'éparpillais pas tant je serais forcément un peu plus réuni.

(Il doit s'agir d'un idéal de coin douillet où le temps aime faire des bulles de boue très mystérieuses en s'amusant de les voir éclater et gonfler toujours. Ou peut-être pas du tout.) Le fait étant : j'ai perdu un manuscrit avec des membres vitaux de mon Premier Roman à l'intérieur. Sincèrement : l'intégralité de mon Premier Roman.

J'ai perdu beaucoup de poids. Il s'agit de poids d'encre perdue, mais c'est un poids tout aussi estimable que celui de n'importe quelle pierre. Les pierres coulent souvent comme de l'encre noire tout du long de ce livre. Elles y tiendront donc une place très pesante.

La première introduction parlait de quand on me demandait d'où je venais. Il faut donc être ingénieusement sincère :

« Je crois me souvenir que je commençais en parlant de mon pays. Je crois que quand les gens me demandaient d'où je venais, je ne leur répondais jamais très franchement. Je leur répondais :

— Oh, ce n'était rien de plus qu'une lourde montagne de pierres très pesantes. Là-bas les grand-mères les faisaient revenir dans de grandes marmites et on allait à l'école tout imprégnés d'odeur de montagne de pierres. Toutes les mamans donnaient à leurs enfants des noms en pierre : Pierre-Yves, Pierre-Jules,

Pierre-Henri, Pierre-Alphonse III. Il y en a un qui s'appelait Mac Caïn aussi, mais c'était une affaire très particulière que j'expliquerais plus tard. Moi c'était Donati tout court. Enchanté.

Ou bien :

— C'était pénible à expliquer.

Ou bien :

— Ça ne vous regardait simplement pas.

De toute manière, les gens n'auraient jamais su situer mon pays dans leur connaissance, ils se seraient sentis embarrassés et moi aussi. Alors, je préférais encore le raconter à ma manière.»

Quand même, j'aimerais bien retrouver ce carnet et l'introduction à mon Premier Roman.

C'est donc comme ça que commence mon Premier Roman.

PREMIÈRE PARTIE

SECTION PREMIERE

Mille feux

CHAPITRE I

Comment on pénètre dans l'aventure

Je mis un pied sur l'avenue et manquai me faire emporter par une fureur de camion hurlant. Je décidai d'être plus prudent. Il y avait suffisamment de ville de ce côté-ci de l'avenue. Les passants s'étaient arrêtés pour regarder. Ils me regardaient les yeux, puis les valises soigneusement bouclées, et quand ils me regardaient de nouveau les yeux, leurs regards étaient lourdement chargés de valises soigneusement bouclées. Je remontai mon pied sur le trottoir et redescendis vers la frontière. La rue s'enfonçait entre des bâtiments indéfinissables, et mes chaussures couinaient terriblement sous les regards des passants harponnés à mes trousses. Pour faire comme si de rien n'était, je me concentrai l'attention sur les façades des bâtiments indéfinissables. Il fallait bien qu'elles fussent quelque chose, alors elles étaient : éponge sale, sang de mouche, châssis, kérosène, crotale, rose Renoir, poil à gratter, dimanche après-midi, nation, mouchoir à carreaux, gruyère rance, allumette mouillée, algue, nez de Flaubert, piscine municipale, date de péremption, PQ boursouflé, litière, grand cru médoc séché dans le fond du verre, cuillère rouillée, @, rot de vautour, Apollo XIII, betterave, crucifix, et j'étais de nouveau devant la frontière et je dus remonter encore la rue à cause de ma sale manie de tout regarder de travers. La rue se dressait entre des bâtiments indéfinissables, et j'aurais peut-être fini par tant et plus la redescendre et la remonter que les bâtiments se seraient lassés : ils auraient soulevé leur façade indéfinissable en soupirant et m'auraient laissé me blottir dessous avec mes valises soigneusement bouclées, et il n'y aurait jamais eu la moindre histoire de quête au Crocodile Géant, de désert où les lacs portent les pendus et d'amour anthropophage dans les nuages. Le Premier Roman serait demeuré une pierre enfouie si d'entre queue de rat et cancer du testicule gauche n'avait surgi cette enseigne comme une gorgée d'eau tiède dans un rêve qui disait en français :

LE CHALET

Je posai mes valises soigneusement bouclées et secouai la clochette sous l'enseigne.

— C'est encore ce putain de sa mère ? a hurlé l'intérieur du bâtiment.

— Je m'appelle Donati.

CHAPITRE II

Mac Caïn, c'est Mac Caïn

La première erreur dans la vie, c'est son nom.

Mac Caïn par exemple. Il a dû changer de nom autant de fois qu'il a de taches de rousseur. Il dit que ça n'a aucun rapport, mais Mac Caïn déteste qu'on lui parle de ses taches de rousseur. Quand on lui parle de ses taches de rousseur, Mac Caïn cesse immédiatement d'écouter I Put a Spell on You des Creedence Clearwater Revival pour vous empoigner par le col de chemise. Avec ses noms, c'est pareil.

Un jour je lui ai connu cinq noms différents en l'espace de six heures. C'était au collège. Les professeurs s'emmêlaient salement les pinceaux.

— Brutus, au tableau pour l'exercice grand A tendance afro sous prothèse petit plus. Brutus ? Brutus ! Tu es encore en train de te fiches de ma tête ?

— Pardon ? faisait Mac Caïn en levant la tête de ses dessins de sale race humaine se consumant dans l'Apocalypse foudroyante.

— Tu es encore en train de te fiches de ma tête, Brutus ?

— J'ai l'impression que vous êtes en train de vous adresser à moi, se penchait Mac Caïn en ajustant ses lunettes sur ses taches de rousseur.

— Tu es encore en train de te fiches de moi ,Brutus.

— Madame... Je suis sincèrement navré. Je m'appelle Piotr Pavlovitch dit Dimitri le Formidable et votre tête est toute aussi respectable que la mienne, faisait gravement Mac Caïn.

Parce que Mac Caïn ne plaisante pas là-dessus : son nom c'est son nom. Les noms d'antan, il ne voulait plus en entendre parler.

Son nom originel, celui que ses parents lui avaient choisi quand il n'était encore qu'une informe tâche de rousseur dans le nombril de sa mère, celui-là il valait mieux tout à fait éviter de l'évoquer.

Ce matin que je m'asseyais dans sa voiture, Mac Caïn coupa net I Put a Spell on You des Creedence Clearwater Revival et m'empoigna le col de chemise.

— Si un jour tu écris ton Premier Roman, évite tout à fait d'évoquer mon nom d'informe tache de rousseur dans le nombril de ma mère, OK ?

— OK Mac Caïn, j'ai répondu.

Il désincrusta ses gros doigts de mon col de chemise et sourit.

— Parfait. Ton Premier Roman commence bien.

Il remit I Put a Spell on You des Creedence Clearwater Revival et démarra la voiture.

Mac Caïn, c'est mon pote. Avec lui on ne plaisante pas sur les noms.

CHAPITRE III
Le Chalet

— Donati putain de sa mère ! Oh oh oh oh oh... Groinf !
Groinf ! Oh oh oh oh oh... Groinf ! Groinf !

Grisou aimait bien se payer des bonnes tranches de franche
rigolade. Il tordait son mètre cinquante de muscles poilus dans le
lit, la terrible bouteille pelotonnée entre les cuisses, il s'atrophiait
toute la figure sur les dents et se frappait le revolver sur le genou
en étranglant dans le creux de son bras l'exilé mahométan sommeillant à ses côtés. Des larmes laiteuses lui suintaient des cicatrices. Un détective privé qui serait par hasard passé par là aurait
diagnostiqué :

— Un drogué mécontent vient d'aplatir trois rudes coups
d'épée entre les deux tympans de ce petit homme très poilu et
musclé. Néanmoins, c'est dans ses cordes. Il s'en remettra.

— Groinf ! Groinf ! Groinf !

Alors que Grisou ne faisait que se payer une bonne tranche
de franche rigolade.

— Donati putain de sa mère, parole de cow-boy ! il rigolait.

Moi (en quelque sorte le Big Bang de la bonne tranche de
franche rigolade) à force de regarder Grisou rigoler du matin
au soir, je ne rigolais plus du tout. Grisou comprenait. Il rigolait le temps qu'il lui fallait, puis il s'interrompait aussi brusquement qu'il avait démarré et se mettait à suçoter le canon de son
revolver en considérant affectueusement les crottes de nez vert
nucléaire qui pendaient au plafond.

Mais, comme la veille au soir l'ex-putain Marie était entrée en
trombe dans notre chambre, les cheveux encore pleins de shampoing au miel et hurlant qu'elle ne voulait plus voir la moindre
crotte de nez vert nucléaire sur aucun de ses plafonds et que les
étrangleurs de bison étaient tous de dégueulasses salopards qui
lui nettoieraient sur le champ cette dégueulasserie avant qu'elle
lui fasse quelque chose de désagréable dans le trou de balle, et
que Grisou s'était un peu emporté et l'avait assommée avec la
crosse de son revolver, puis s'était repenti en la voyant avachie
comme une douille vide à même le sol et était monté sur son lit

pour décoller une par une les crottes de nez vert nucléaire et les ranger pieusement dans sa poche où elles avaient fondu dans la nuit, alors ce matin-là Grisou ne pouvait plus rien considérer que la douloureuse absence des crottes de nez vert nucléaire au plafond, ce qui lui fit cracher le canon de son revolver sur sa poitrine et mugir et arracher un terrible quart à la terrible bouteille et bander son mètre cinquante au bord du lit en me tendant la terrible bouteille.

— Donati putain de sa mère, bois ! Aux cow-boys !

Je bus une prudente gorgée aux cow-boys et lui repassai la terrible bouteille. Il me l'enleva des mains en mugissant et lui arracha un autre terrible quart. Les larmes lui roulaient dans les fonds de cicatrices.

— Vive les cow-boys ! mugit-il. Chanson !

Et, la terrible bouteille blottie au creux des bras, il commença de mugir les chansons des cow-boys en faisant des moulinets avec son revolver.

La chanson des cow-boys :

HUE HUE LES COW-BOYS
HUE LES COW-BOYS HUE
HUE HUE LES COW-BOYS HUE
LES COW-

La chanson des cow-boys s'interrompit brusquement. Darwin avait surgi dans l'embrasure de la porte. Malgré l'obscurité, on devinait aussitôt qu'il ne pouvait s'agir que de Darwin, à cause du trou encore plus obscur qu'il creusait dans l'obscurité et des deux globes sanglants qui épiaient par-dessus, immobiles et brûlants.

Je crois qu'en son temps Darwin avait été un genre de chasseur à Crocodile Géant. Il s'enfonçait dans les jungles, et les marais incrustaient de lourdes croûtes noires dans sa peau, et les ronces lui arrachaient le blanc des yeux tandis qu'il continuait de s'enfoncer dans les jungles. Plus les jungles devenaient profondes, plus Darwin devenait sombre et sanglant et impitoyable chasseur de Crocodile Géant. C'est comme ça qu'il faut lire l'histoire qui viendra plus tard, parce que pour l'instant ce n'est que le Chalet et Darwin n'était qu'un exilé parmi tant d'autres qui enjambait dans un silence opaque l'ex-putain Marie, toujours avachie là à cause des très nombreux muscles de Grisou gonflés sous les poils. Chaque mouvement de l'obscurité de Darwin opacifiait davantage le silence dans la chambre, elle accrochait sa veste au cactus mort, elle rangeait son sac sous le lit, on avait de plus en plus de mal à articuler des pensées tellement le silence devenait opaque, jusqu'à ce qu'elle s'allonge dans son lit et qu'un mugissement envoya tout voler en poussières aveuglantes.

— Tu as encore passé la nuit à pourchasser le crocodile, mugit Grisou, sale chasseur de crocodile ! Un étrangleur de bison ça oui, pas un sale chasseur de crocodile ! Je vais te montrer, moi, comment on arrange les sales chasseurs de crocodile !

Grisou jeta l'exilé mahométan contre le mur et sauta hors de son lit. Darwin demeurait une obscurité silencieuse et immobile, mais au moment où la crosse du revolver de Grisou allait s'écraser entre ses deux globes, il glissa hors du lit et se retrouva de l'autre côté de l'ex-putain Marie, de retour dans l'embrasure de la porte. Je sentis distinctement le frisson de Grisou secouer la chambre.

— Sale reptile, secoua le frisson.

Alors, dans l'embrasure de la porte, sous les deux globes sanglants de Darwin, l'obscurité se fendit lentement en un tranchant éclat de lune. Je me levai de mon lit et passai devant Grisou. Au moment où j'enjambai l'ex-putain Marie, elle ouvrit un œil et grogna :

— Grisou, salopard d'étrangleur de bison, au grenier !

L'antiquaire des pierres

Ah oui ! Alors j'ouvre mon passé et il est rempli de pierres. Il y a des pierres très belles, et des pierres moins belles, et beaucoup de pierres qui ne sont pas belles du tout. Je les recueille toutes, sans discrimination. Ce pourrait être une bonne chose, peut-être, la discrimination des pierres, mais il est impossible de discriminer les pierres.

Les gens qui recueillent l'argent, par exemple. Ils recueillent tout l'argent qu'ils peuvent : les pièces de monnaie, les petits billets et les très gros billets. Et s'ils trouvent que les très gros billets sont les plus beaux de tout leur argent, ils n'en recueillent pas moins tout un tas de petits billets et de pièces de monnaie.

Mais ça n'a certainement aucun rapport. On dit que l'argent n'a pas d'odeur. Je ne suis pas tout à fait d'accord. En général l'argent sent. Il sent l'haleine des inconnus. Ce n'est pas très agréable comme odeur, et c'est pour ça que les gens l'abandonnent dans des banques. Alors qu'une pierre, très belle odeur ou pas belle odeur du tout, joyeuse, émouvante, douloureuse, câline, mélancolique, rebelle, agressive, tragique ou sensuelle, on ne peut jamais l'abandonner nulle part. Elles s'accumulent les unes sur les autres, sans discrimination. Elles ont chacune leur poids, et on dit qu'elles font la richesse de celui qui les recueille.

CHAPITRE IV
Le Cliffanger de l'électricité

Grisou n'était pas seulement étrangleur de bison, mais essentiellement chargé Cliffanger de l'électricité du Chalet. Parce que s'il y avait une chose que Grisou savait mieux que personne, c'était que le mystère de l'électricité s'embusque toujours au grenier. Un jour il s'était chargé de l'expliquer à l'ex-putain Marie, elle l'avait patiemment écouté puis l'avait consacré sur le champ chargé Cliffanger de l'électricité du Chalet. Tôt le matin l'ex-putain Marie sortait crier dans la cour.

— Toujours pas d'électricité pour mon shampoing au miel ! Au grenier !

Grisou serrait plus fort l'exilé mahométan contre lui et ne se réveillait pas.

L'ex-putain Marie se faisait son premier shampoing au miel dans le bac de la cour en hurlant « c'est encore ce putain de sa mère ? » chaque fois que le vent faisait tinter la clochette du portail, puis elle se séchait les cheveux et se rappelait soudain.

— Au grenier ! elle hurlait.

Grisou grognait, mais toujours sans ouvrir les yeux. L'exilé mahométan, lui, regardait le plafond avec de grands yeux de bombe H sous les cabinets.

— Au grenier ! criait l'ex-putain Marie, en entreprenant son deuxième shampoing au miel.

Alors seulement Grisou ouvrait les yeux, il décochait un formidable crochet gauche dans l'oreille de l'exilé mahométan et sautait du lit, enfilait sa casquette jaune Cliffanger de l'électricité et me secouait l'épaule.

— Donati Pudsam, réveille-toi ! On monte au grenier !

Le grenier était un ensemble de rats morts, de rats vivants et de fils électriques cohabitant dans le même emmêlement poussiéreux. Grisou se retournait la casquette sur la nuque, choisissait soigneusement des fils électriques de même couleur et commençait de tirer dessus en les enroulant autour du canon de son revolver. Les fils cédaient et il les raccommodait en les nouant à d'autres fils de couleurs différentes.

— C'est le plus mystérieux du mystère de l'électricité, m'expliquait-il. Tu vois, il faut être un rude Cliffanger de l'électricité pour ne pas se mélanger les couleurs, sinon elles ne tardent pas à t'avoir et tu finis comme ce rat mort entre les fils.

Un rat vivant eut alors la malheureuse inspiration de bondir par-dessus le rat mort que me désignait Grisou. Celui-ci brandit comme l'éclair son revolver d'entre les fils, tira la langue et d'une seule balle fit voler le rat en morceaux. Il leva son revolver et souffla la fumée du canon d'un air solennel.

— Parole de cow-boy ! Alors, maintenant écoute bien : ce chasseur de crocodile est un sale reptile. Les reptiles chassent les reptiles. Si tu te mêles à eux, ils t'auront, comme ces fils électriques ont eu le rat. Ou, pire, tu deviendras un reptile à ton tour, et alors c'est moi qui t'aurai, comme j'ai eu le rat. Parole de cow-boy. Je ne veux plus que tu fréquentes ce sale chasseur de crocodile. Compris ?

Il arracha une motte de fils rouges.

— Un jour, le Chalet resplendira de mille feux, et alors on verra un peu qui est le Cliffanger de l'électricité !

CHAPITRE V
La Genèse du Cauchemar de Darwin

Les couloirs s'entrecroisaient, se chevauchaient, se contournaient, s'empêtraient et à force de s'empêtrer accumulaient les uns dans les autres toujours plus de crasse et de froides ténèbres. Sur les parois, les nombreuses icônes de l'ex-putain Marie au temps de ses cheveux éternellement immaculés se discernaient de moins en moins. Seule l'obscurité de Darwin, s'obscurcissant toujours, toujours plus dense continuait de glisser comme une lumière profonde dans la croûte de ténèbres, elle glissait, glissait, puis s'immobilisa soudain. Nous étions à la cuisine, l'impasse qui fermait tous les couloirs. La cuisine était si sale et ténébreuse que je crois que c'est de là qu'une nuit sans lune les couloirs s'enfuirent à la débandade, les uns sur les autres, essayant désespérément de se laver de la crasse et des ténèbres de la cuisine en s'enfuyant loin d'elle. C'est une bien sordide tragédie, et je regrette d'avoir été aussi dur avec les couloirs.

La cuisine était minuscule, avec une petite table grouillante de cafards au milieu, deux bancs et, dans le fond, un lourd amas de vaisselles gluantes que léchait goulument Little Ricky, l'ex-milliardaire qui ne voulait plus causer qu'en anglais et qui disait

— Fuck

— Fuck it

— Fuck

quand il causait.

L'obscurité de Darwin s'immobilisa sur un banc, épousseta silencieusement la table et y déposa un petit paquet bombé de blanchâtre comme des nuages malades. Le petit paquet n'était rien d'autre que bombé de blanchâtre comme des nuages malades, alors je continuais d'observer les globes sanglants par-dessus l'obscurité de Darwin.

Et ils me contèrent le Cauchemar de Darwin :

— Le Cauchemar de Darwin avant d'être un lointain reportage très horrible est d'abord le châtiment éternellement plus horrible qui déchire impitoyablement les fils du Premier Homme. Tout a commencé il était une fois, bien avant les hommes, les premiers romans et les chalets, un crocodile géant qui aimait par-dessus tout regarder les nuages. Ils lui rappelaient toutes les bonnes choses qu'il aimerait manger, et en y regardant suffisamment longtemps, en se concentrant bien, il pouvait s'imaginer les nuages comme une procession de toutes les bonnes choses qu'il aimerait manger en route vers son estomac. Il passait des heures entières rien qu'à regarder les nuages, tellement d'heures entières qu'elles se transformèrent bien vite en semaines entières, puis en mois entiers, et un jour le Crocodile Géant réalisa que cela faisait des années qu'il regardait les nuages, et des années qu'il en avait complètement oublié de manger la moindre bonne chose et la moindre moins bonne chose en général. A cette pensée, une sourde douleur lui déchira l'estomac. Il était affamé. Alors, furieux d'avoir perdu autant de temps à de telles absurdités, le Crocodile Géant décida de dévorer tous les nuages.

Il planta sa queue gigantesque dans la terre, leva la gueule au ciel et, sa queue gigantesque se déployant dans un froissement de foudre, il commença son ascension vers les nuages. Sa queue gigantesque se déployait sans fin, et le Crocodile Géant se hissait toujours plus haut vers les nuages.

Bien sûr, les nuages commencèrent par se moquer de ce petit crocodile prétentieux. Le voir se démener de la sorte au bout de sa queue, ils n'avaient jamais rien vu d'aussi drôle et d'aussi ridicule à la fois. Mais, à mesure que le Crocodile Géant se hissait et s'approchait des nuages, ces derniers se rendirent compte que ce crocodile n'était pas si petit et prétentieux qu'il leur avait paru vu de leur hauteur, et le doute s'empara d'eux, puis l'inquiétude, puis la panique enfin, quand ce crocodile finalement vraiment géant ouvrait déjà la gueule pour les engloutir tous. Alors, en un souffle, les nuages s'élevèrent plus haut dans le ciel.

Le Crocodile Géant, à qui l'effort avait davantage creusé l'appétit, plutôt que de se décourager et redescendre sur terre manger la première chose qui lui tomberait sous la dent, le Crocodile Géant, furieux qu'on se joue ainsi de lui et de sa faim, s'assit plus fermement sur sa queue et accéléra sa course vers les nuages. Il est vrai que, vu de si près comme il avait pu les voir juste avant leur envol, presque à ras de son museau, les nuages étaient encore plus appétissants que tout ce qu'il avait jamais pu imaginer vu d'en bas.

Les nuages regardèrent ce drôle de Crocodile Géant se hisser et s'approcher toujours plus près et, quand il ouvrait déjà la gueule pour les engloutir tous, les nuages en un souffle s'élevèrent plus haut dans le ciel. Mais leur premier effroi était passé, et de nouveau ils s'amusaient de regarder ce drôle de Crocodile Géant s'éreinter au bout de sa queue.

Le Crocodile Géant, lui, ne riait pas du tout. La fureur lui salivait jusque dans le fond de l'estomac de s'être une nouvelle fois presque accroché le museau dans les nuages, si appétissants nuages, et il s'élança vers les nuages en redoublant de vigueur.

Alors, les nuages, qui s'amusaient beaucoup, attendaient le tout dernier moment pour s'élever en un souffle plus haut dans le ciel, et le Crocodile Géant, toujours plus affamé, se hissait toujours plus furieusement à leur poursuite.

Ils auraient pu monter ensemble jusque dans la nuit des temps si, un beau matin, le Premier Homme n'avait pas eu besoin d'un crayon et de papier pour écrire son Premier Roman. Il sortit de son Chalet dans l'idée de trouver un beau bois à découper pour se fabriquer un crayon et du papier, quand son regard tomba sur un immense tronc noir qui s'élevait tout droit et se perdait au ciel. C'était assurément le plus beau tronc que le Premier Homme ait jamais vu sur Terre, et un tronc pareil ferait à coup sûr un Premier Roman formidable. Il le regardait s'élever droit au ciel comme des centaines de milliers de pages de Premier Roman formidable, et il résolut aussitôt de lui couper le tronc.

Bien sûr, le Crocodile Géant ne sentit rien au premier coup de hache. Il était maintenant hissé si haut par-dessus la Terre, la base de sa queue était plantée si loin sous lui que la douleur devait parcourir beaucoup de chemin avant de lui rattraper la conscience. Et, pendant ce temps, il continuait de se hisser toujours plus furieux et affamé vers les nuages, inconscient qu'un deuxième, puis un troisième, puis un quatrième, des douzaines, des centaines de coups de hache étaient en train de le découper en morceaux.

Ce n'est qu'au trois mille sept cent soixante et unième coup de hache que le Crocodile Géant se figea net. Il venait de sentir une douleur, atroce, dans toute sa chair. Le premier coup de hache. Que vint aussitôt enfler une seconde douleur, plus atroce encore, puis une troisième, une quatrième, des douzaines, des centaines de douleurs toujours plus atroces qui s'enflaient les unes sur les autres pendant que le Crocodile Géant demeurait paralysé dans les cieux.

A la trois mille sept cent soixante et unième douleur, le Crocodile Géant put enfin rassembler assez d'esprit entre les fissures de la douleur pour baisser les yeux sur Terre. En bas, un Premier Homme très enthousiaste était en train de lui découper la queue à grands coups de hache. Saisissant la gravité de la situation, fou de rage et de douleur, il mit à se replier à toute allure sur sa queue pour descendre dévorer le Premier Homme. Il se repliait et se repliait de toutes ses forces, jusqu'à ce que tout à coup il se rendit compte qu'il ne se repliait plus, mais dégringolait sans effort, de plus en plus vite, et il vit le Premier Homme jeter sa hache et courir se mettre à l'abri. Sous lui, sa queue n'était plus plantée dans la Terre. Une grande plaie l'ouvrait en deux. Le Crocodile Géant était en train de s'effondrer sur lui-même.

Il s'effondra loin, très loin, à des horizons et des horizons de Terre de chez lui, la base de sa queue perdue à jamais. Alors, mort de honte, le Crocodile Géant ferma les yeux très fort et se planta le museau dans la Terre pour pleurer des larmes sèches. Et plus il pleurait, plus le corps du Crocodile Géant rapetissait, rapetissait, rapetissait.

Les nuages, observant la scène depuis leurs impénétrables hauteurs, eurent pitié de leur ancien prédateur. Ils s'étaient finalement bien amusés avec lui, à le regarder se hisser comme un forcené au bout de sa queue pendant qu'eux s'amusaient à s'élever en un souffle au moment où il s'apprêtait à les engloutir, et s'il l'avait perdue, sa queue, et s'il était tombé si loin d'elle, c'était peut-être un peu leur faute. Alors, les nuages se mirent d'accord et, pour recouvrir la honte du Crocodile Géant, ils se consumèrent tous ensemble en torrents de pluie qui s'abattirent sur la Terre, ouvrirent les montagnes, vomirent des cascades et fendirent des sillons où naquirent les fleuves.

Le Crocodile Géant sortit le museau de terre et regarda autour de lui. Il n'était plus du tout géant, le Crocodile Géant. Il ne ressemblait en rien au Crocodile Géant qu'il avait été autrefois. Alors, il s'approcha des fleuves et se glissa honteusement à l'intérieur. Ça ne fit même pas une onde quand il disparut de la surface de la Terre.

Aussi, depuis ce jour, le Crocodile Géant boit sa honte dans les fleuves les plus obscurs, errant, ivre de vengeance, à la recherche des fils du Premier Homme.

Des larmes sanglantes suintaient des globes de l'obscurité de Darwin. Elles s'échappaient comme du magma grondant et lui creusaient de lourds sillons dans l'obscurité. Little Ricky était maintenant assis à côté de moi, il regardait la table en secouant la tête et causait très vivement « fuck fuck it fuck » il causait.

— Un jour nous retrouverons le Crocodile Géant et nous lui remettrons le Cauchemar de Darwin, grondaient les larmes sanglantes.

— Un jour nous lui remettrons le Cauchemar de Darwin ou bien nous serons dévorés, grondaient les larmes sanglantes.

L'obscurité de Darwin me tendit le petit paquet bombé de blanchâtre comme des nuages malades.

— Apprends le Cauchemar de Darwin, grondaient les larmes sanglantes.

L'obscurité de Darwin me tendit un tube en aluminium, une bouteille et une allumette sombre comme la nuit des temps.

Mac Caïn
et le fardeau de pierres

— Attends, je voulais dire, je me suis peut-être mal exprimé : les pierres c'est aussi du poids mort, je veux dire, notre richesse c'est du poids mort, ce qui revient à dire que c'est du poids mort qui nous fait exister. Tu crois pas ?

Mac Caïn tapote sa cigarette dans son verre de bière. La cendre s'enfonce douillettement dans la mousse comme un point noir dans le gras de l'oreille.

— Bon. En vérité, le Premier Roman fera exister les personnages comme des fardeaux de pierres. Ils traînent chacun leur fardeau, c'est derrière eux, mais c'est aussi à l'intérieur d'eux, tout ce poids mort, et ils sont leur propre fardeau de pierres. C'est clair ?

— Tu commences à m'emmerder avec tes histoires de pierres, dit Mac Caïn en avalant une bouchée de mousse cendreuse.

— Mais si ça ne fait que commencer ?

Mac Caïn et le chien

— Écoute Mac Caïn. Tous ces personnages en fardeaux de pierres génèrent quand même beaucoup d'emmêlements. Ce qu'il me faut avant tout, c'est un fil conducteur pour mon Premier Roman. Tous les Premiers Romans ont un fil conducteur, sans quoi on n'y comprendrait plus rien. Le problème maintenant, c'est de trouver quelque chose qui fasse office de fil conducteur. Qu'est-ce qui pourrait bien faire office de fil conducteur au Premier Roman ?

Mac Caïn est en train de pisser sur les fourmis de l'arbre.

— Quelque chose de sain, de sincère, sûr aussi, et beau. Quelque chose d'idéal qui soit fidèle à l'esprit du Premier Roman.

— Un chien, murmure Mac Caïn en gigotant du bassin pour tâcher de solutionner une fois pour toutes cet insoluble problème de la dernière goutte.

CHAPITRE VI
Apparition de Tania

Elle se tenait en haut des escaliers. Elle était une très brune jeune fille presque blonde, de taille moyenne, aux rondeurs élancées et à l'odeur de sciure de bois vert. Elle aurait pu être une très jeune fille, peut-être à cause de l'appareil dentaire, mais ses accumulations de couches de vêtements qui ne la recouvraient presque pas relevaient plutôt la jeune fille tout court, ou bien jeune femme, ou femme tout court, même un peu mûre, c'était difficile à résoudre. Elle était ce genre de pénible beauté qui fait écarquiller les yeux en même temps que froncer les sourcils. Des groupes d'hommes l'entouraient en écarquillant les yeux en même temps qu'ils fronçaient les sourcils.

Elle était elle, poisson mort pendu à la poutre au bout d'un fil de nylon, un hameçon coincé dans son appareil dentaire. Au bout d'un certain temps elle finit par cligner des yeux, elle coupa le fil de nylon entre ses ongles et retomba sur ses deux jambes en souriant. Elle marcha sur un des hommes qui souriait aussi et lui plongea la main sous le pantalon.

— Tu veux bien être l'homme dans ma vie alors ? elle sourit avec un petit pli dans la voix en faisant des oui avec sa main.

L'homme ravala aussitôt son sourire, se dégagea de la main et s'en alla sans se retourner. Un autre homme lui emboita le pas, pendant qu'elle était elle, violoniste virtuose impitoyablement concentrée sur son violon. Ses doigts caressaient le vide en frémissant, ses lèvres s'étaient rétractées en lèvres violonistes, des petites veines poreuses battaient le rythme sur son cou. En se concentrant comme elle était concentrée on aurait peut-être pu voir des notes sourdre du vide. Un homme sourit, elle leva immédiatement les yeux, abandonna son violon et marcha sur lui. Elle lui plongea la main sous le pantalon.

— Tu veux bien être l'homme dans ma vie alors ? elle soupira avec un petit pli dans la voix en faisant des oui avec sa main.

L'homme ravala aussitôt son sourire, se dégagea de la main et s'en alla sans se retourner. Trois hommes lui emboitèrent le pas.

Elle était déjà elle, hurlement à pleins poumons sans reprendre son souffle jusqu'à elle, évanouissement subit (elle se redressa grâce au poivre d'un homme qui n'avait rien d'autre et qui ravala aussitôt son sourire et se dégagea de la main qui faisait oui oui et s'en alla ; cinq hommes lui emboîtèrent le pas). Alors elle était elle, trois œufs gobés avec leur carapace et vomis sans leur carapace (un autre homme ravala son sourire et se dégagea et s'en alla et plusieurs hommes lui emboîtèrent le pas), puis elle était elle, yeux vigoureusement clos comme quand il y a beaucoup trop de vent avec de la poussière de désert dedans (un autre homme s'en alla et beaucoup d'hommes lui emboîtèrent le pas), et elle était elle, thé au lait bu par petites gorgées délicieuses (un autre homme et une multitude d'hommes emboitant le pas) et elle était elle, cascadeuse se jetant dans les escaliers et roulant-boulant jusqu'en bas, et j'étais le dernier homme parce que les autres hommes s'en étaient tous allés.

Elle remonta les escaliers en me souriant. Elle devait bien me sourire, j'étais le seul à la regarder monter les escaliers, on ne sourit pas pour personne, ou alors si, mais les gens un peu dérangés seulement, et déjà elle ne me souriait plus et ne montait plus les escaliers. Elle était elle stalagmite figée dans les entrailles de la Terre où jamais personne ne viendra déranger son existence. Je fis un pas en avant, très petit pas, presque rien, un tressaillement à peine, et aussitôt elle était elle, stalagmite fondante, et je fis un autre pas en avant, un grand pas en avant, mais elle était déjà elle, papillon battant des ailes et flottant par-dessus les escaliers, par-dessus les ténèbres, par-dessus moi, qui s'en allait en chantant :

Je m'en vais butiner sur les herbes folles
Mieux vaut butiner les herbes folles
Que s'écraser sous de lourdes pierres molles
Je m'en vais butiner sur les herbes folles
M'en vais butiner les herbes folles

Elle, c'était Tania*.

* Première Tania

Dans l'impasse d'une rue très connue que personne ne connaît plus, Tania est née fillette pleine d'avenir. Elle était la première enfant, et sa mère était si confiante qu'un beau matin un autobus bondé l'emporta pendant que, traversant l'avenue pour intégrer l'usine des mères confiantes, elle était occupée à remplir l'avenir de sa fille.

Ce soir-là, le père de Tania rentra de la morgue très contrarié. Il était cordonnier, et une désagréable impression de lacets inextricables lui nouait l'impression. Tania s'amusait à pleurer entre les barreaux de son berceau. Son père la regarda s'amuser à pleurer toute la nuit et, quand les premières lueurs du jour vinrent étinceler dans les larmes de Tania, il la souleva du berceau et lui frappa dans les yeux.

Le père frappait très quotidiennement les yeux de Tania. Il avait complètement oublié son métier de cordonnier et s'était dédié aux vins sans année. Mais les lacets inextricables continuaient de lui nouer l'impression, et, chaque fois qu'il vidait la bouteille et se levait pour frapper dans les yeux de Tania, les lacets se nouaient plus inextricablement autour de son impression.

Les nuits rongeaient les jours et, un beau matin, Tania escalada les barreaux de son berceau et rampa jusqu'à la salle à manger. Au-dessus la table renversée, le père pendait comme une lettre boursouflée sous la pluie.

Ses yeux regardaient Tania, et les premières lueurs du matin étincelaient dans ses larmes.

Tania était libre.

CHAPITRE VII
Les larmes dans Grisou

— Pudsam ! Tu dors ?

La pluie cinglait la rambarde comme une pelouse de verre pilé sous les pieds. Grisou gardait la terrible bouteille sur la tête de l'exilé mahométan endormie sur sa poitrine et, chaque fois qu'il la basculait pour lui arracher des terribles dixièmes, le lampadaire de la rue s'engloutissait à l'intérieur et s'éclaboussait en larmes fanées dans toute la chambre.

— Alors maintenant je veux raconter un peu l'histoire du pays des cow-boys. C'était le bon temps. Avec ma femme, Grizelle, on étranglait les bisons en amoureux. On trouvait les plus gros troupeaux, on les étranglait et on revenait à la maison en tirant sur tout ce qui bouge. Ma femme était la plus dure et la plus dangereuse étrangleuse de bison du pays. Je l'avais rencontrée alors qu'elle étranglait un énorme bison. J'ai lâché mon bison pour l'aider, mais elle m'a dit « si tu t'avises de m'aider, je te fais voler en morceaux comme un rat entre les fils », alors je l'ai regardée finir d'étrangler l'énorme bison. Quand elle a fini d'étrangler le bison, j'ai dit « attends, moi aussi je vais étrangler un énorme bison », et j'ai étranglé un bison encore plus énorme pendant qu'elle me regardait faire. C'est comme ça qu'elle est devenue ma femme.

Grisou marque une pause pour arracher un terrible dixième qui éclabousse un peu plus la chambre. Il repose la bouteille sur la tête de l'exilé mahométan et reprend l'histoire du pays des cow-boys.

— Le problème avec une femme, c'est que ça veut toujours faire des ennuis. Mais avec Grizelle c'était différent. Quand elle faisait des ennuis, c'était le duel. On prenait nos revolvers, on marchait dix pas chacun, on se regardait bien droit dans les yeux, longtemps comme ça à se regarder bien droit dans les yeux, et quand on sentait que l'autre allait dégainer on dégainait à la vitesse de l'éclair et on tirait. Pan ! Pan !

Il cogne deux fois la terrible bouteille sur la tête de l'exilé mahométan en riant.

— Ah oui alors ! Mais comme l'amour c'est l'amour, on tirait toujours à côté, et après c'était réglé et on retournait étrangler les bisons rien que nous deux en tirant sur tout ce qui bouge. Et puis un jour on a eu un enfant. C'était une fille, et il a fallu plusieurs duels pour qu'on se mette d'accord sur son nom. On a fini par se mettre d'accord : elle s'appelait Grisouzelle. On lui a appris à étrangler le bison et à tirer sur tout ce qui bouge et bientôt elle est devenue presque aussi dure et dangereuse que sa mère. Elle lui ressemblait beaucoup, sauf que si une femme, ça veut toujours faire des ennuis, alors deux femmes c'est deux fois plus d'ennuis. On devait toujours faire des duels à trois, c'était un peu monotone, mais jusque-là tout allait très bien, l'amour c'est l'amour et un gosse c'est que du bonheur, sauf qu'un jour ça a plus du tout été très bien et que du bonheur. Ce jour-là Grisouzelle se chamaillait avec sa mère à cause d'un énorme bison que chacune disait avoir étranglé de ses propres mains. Grisouzelle criait « c'est moi qui ai étranglé l'énorme bison de mes propres mains » et sa mère criait « menteuse ! c'est moi qui ai étranglé l'énorme bison de mes propres mains ». J'en avais marre de les entendre se chamailler comme ça, alors j'ai dit à Grisouzelle que c'était sa mère qui avait étranglé l'énorme bison un point c'est tout, parce que c'était ma femme et qu'à l'époque je croyais naïvement qu'elle était encore un peu plus dure et dangereuse que notre fille. Mais ma femme m'a dit « toi, va chasser les crocodiles et laisse nous nous chamailler en paix » alors j'ai attrapé mon revolver et j'ai dit « très bien, si c'est comme ça, duel à trois », et on est sortis dans la cour avec nos revolvers. On a marché dix pas chacun, puis on s'est retourné et on a commencé à se regarder. Ça aurait dû être comme d'habitude, mais là j'ai bien senti que quelque chose tournait pas rond, je savais pas quoi mais je sentais que c'était pas comme d'habitude. Je regardais ma femme, ma femme me regardait, puis elle regardait ma fille, ma fille regardait la femme, et puis elle me regardait, alors je regardais ma fille... Je sentais bien que ça sentait le roussi, alors j'ai dégainé comme l'éclair pour en finir vite fait. Pan ! Pan ! Pan !

Il cogne furieusement trois coups de terribles bouteilles sur la tête de l'exilé mahométan et éclabousse de nouveau la chambre d'un terrible dixième de bouteille.

— La fumée de nos revolvers s'est lentement dissipée entre nous trois, sauf qu'on était plus nous trois. Mon ex-femme était raide morte par terre, un trou noir en plein milieu du front. Grisouzelle me regardait, le revolver encore fumant, elle a soufflé la fumée de son revolver en continuant de me regarder, droit dans les yeux, comme mon ex-femme, avec les mêmes yeux que mon ex-femme, et alors j'ai compris qu'elle était devenue encore plus dure et dangereuse et redoutable étrangleuse de bison que mon ex-femme. Elle était comme mon ex-femme quand elle me regardait. Elle attendait. C'était très tentant, vraiment. J'ai bien failli être tenté. Déjà je sentais que ça remuait là-dedans. J'allais être tenté, mais je me suis repris juste à temps. La morale cow-boy c'est la morale cow-boy. J'ai levé mon revolver et j'ai tué ma fille.

Il y a eu un long silence de verre pilé, mais je ne me rappelais plus pourquoi j'avais pensé au verre pilé en écoutant la pluie sur la rambarde. En vérité ça n'avait pas grand-chose à voir avec du verre pilé. La voix de Grisou finit de balayer le verre pilé.

— Il y a beaucoup de larmes dans Grisou, dit Grisou d'une voix tordue.

Et, n'ayant définitivement rien à voir avec du verre pilé, je me mis à chercher à quoi la pluie cinglant la rambarde pouvait bien avoir l'air.

CHAPITRE VIII
De la bagarre

Grisou devint encore plus susceptible à l'égard des chasseurs de crocodile. Je rentrais dans la nuit et il se retournait dans son lit en grognant comme une mauvaise diarrhée. Il ne racontait plus le pays des cow-boys, seulement parfois il levait sous les draps la terrible bouteille pour lui arracher des terribles dixièmes silencieux. Il attendait. Je m'allongeais dans mon lit et je me mettais à penser à ce que je ne savais toujours plus dormir. Tôt dans la matinée, l'obscurité de Darwin apparaissait dans l'embrasure de la porte. En temps normal elle avait le temps d'accrocher sa veste au cactus mort, de ranger son sac sous le lit et de s'allonger avant que Grisou bondît de son affût en mugissant, écrasant des coups de crosse dans le vide pendant que l'obscurité de Darwin glissait hors de la chambre. Jamais le moindre coup de crosse n'atteignait l'obscurité de Darwin, et Grisou médita donc un nouveau stratagème. Ce matin-là, l'obscurité de Darwin apparut dans l'embrasure de la porte sans que rien ne lui laissât présager qu'elle n'accrocherait pas sa veste au cactus mort, ne rangerait pas son sac sous le lit et ne s'allongerait pas avant de glisser hors de la chambre sous les assauts mugissants de Grisou. Ce matin-là, Grisou mettait en œuvre son nouveau stratagème. Il avait d'abord amoncelé tout un tas de fils électriques et de rats morts aux côtés de l'exilé mahométan, veillant à ne laisser dépasser aucune couleur ni aucune queue de dessous les draps, puis il avait posé en équilibre une terrible bouteille sur le crâne de son compagnon, en avait pris une autre avec lui et s'en était allé s'embusquer derrière le cactus mort. Il était resté tapi là toute la nuit, revolver au poing, arrachant implacablement de terribles dixièmes qui retentissaient dans la chambre comme les secondes dans la gare d'un western.

Jusqu'à ce que, ce matin-là, l'obscurité de Darwin apparut dans l'embrasure de la porte. Le silence se figea si solidement qu'il ne laissait plus le moindre repli pour respirer. L'obscurité de Darwin se tenait dans l'embrasure de la porte, et elle glissa lentement à l'intérieur de la chambre pour s'approcher du cactus mort. Là, elle s'immobilisa tout à coup. Le cactus mort était avalé dans son obscurité, et son obscurité demeurait absolument immobile, comme si le cactus mort avait soudain cessé d'exister. Toute la chambre se tordait d'asphyxie, elle était en train de se déchirer de part en part, elle se serait certainement déchirée de part en part si l'obscurité de Darwin n'avait eu ce frémissement juste à temps. Ce frémissement pour se débarrasser de sa veste. À peine commençait-elle donc à se débarrasser de sa veste, les deux obscurités de bras coincées en arrière, qu'un formidable mugissement retentit, envoyant le cactus s'écraser à gauche contre l'exilé mahométan, et l'obscurité de Darwin tout droit contre la rambarde, qui sous le choc céda et s'écrasa avec l'obscurité de Darwin sur l'ex-putain Marie qui se lavait les cheveux dans la cour et en était à « c'est encore ce » quand elle se retrouva aplatie corps et cheveux.

— En plein entre tes deux sales globes de chasseur de crocodile ! hurla Grisou du haut du balcon en brandissant triomphalement son revolver.

Mais dans la cour plus personne ne témoignait suffisamment de claire conscience pour apprécier le triomphe de Grisou. L'obscurité de Darwin gisait sur la rambarde qui gisait sur l'ex-putain Marie qui gisait dans son bac de shampoing au miel. La clochette tintait doucement dans le vent. Grisou fit rapidement volte-face, s'enfonça sa casquette jaune Cliffanger de l'électricité sur la tête, attrapa en passant la terrible bouteille à côté du cactus mort recouvrant l'exilé mahométan assommé et vint me secouer l'épaule :

— Pudsam ! Réveille-toi ! On monte au grenier !

Là-haut, Grisou n'avait pas le cœur à l'ouvrage. Il était assis sur un tas de fils et arrachait des terribles dixièmes mélancoliques à la terrible bouteille. Il s'en voulait un peu.

— Tu vois, il m'expliquait en arrachant des terribles dixièmes mélancoliques, je m'en veux un peu. Finalement, je l'aime bien, ce sale reptile chasseur de crocodile. Il faut bien que les gens existent d'une manière ou d'une autre. On choisit pas, ou alors si on choisit, après, on a plus le choix. Et puis c'est pas de ma faute s'il est aussi moche. Qu'est-ce que t'en penses si je lui demande de m'offrir sa plus belle dent de crocodile ? C'est comme ça qu'on fait. Tu vois, j'aurais bien aimé pouvoir offrir une gigantesque dent de crocodile à mon ex-fille. On aurait tous été contents et on en serait restés là. Enfin, ce qui est fait est fait. En tout cas, il y a eu droit en plein entre ses deux sales globes ! Maintenant, bois !

J'arrachai un terrible quart à la terrible bouteille.

Les pierres blanches de la terreur

C'est un tel bazar aussi là-dedans ! Parfois il arrive de retrouver des pierres qu'on croyait avoir oubliées. On les soulève, on les tourne, on les caresse, on est tout émerveillés d'avoir retrouvé ces pierres. Mais tout à coup on s'accroche dans une déchirure, et de la déchirure s'exhale une intolérable angoisse qui s'exhale dans l'instant et inonde l'instant, et c'est bientôt une épouvantable détresse qui hurle de tous les côtés. Ce sont les pierres blanches de la terreur. Pour rien au monde on ne voudrait encore tenir ces pierres devant soi, on se demande pourquoi on les a retrouvées et pourquoi on est encore en train de les tenir devant soi, et on s'empresse de les renfoncer sous les autres pierres. Mais il est trop tard. Il suffit de respirer pour les entendre rouler à l'intérieur de notre fardeau. Leur poids nous coupe le souffle. On s'est rappelé les pierres blanches de la terreur qu'on traîne derrière soi.

CHAPITRE IX
La dure loi du Cauchemar de Darwin

Les ténèbres étaient si gluantes qu'on ne savait plus très bien si c'étaient juste les ténèbres ou bien un grouillement de sangsues invisibles et tellement collées qu'elles sont rentrées sous la peau, elles creusaient sous la peau les ténèbres gluantes et la cuisine s'enfonçait goutte à goutte à l'intérieur avec un goût de sang ranci.

Little Ricky croquait anxieusement les cafards qui sortaient de l'amas de vaisselles sales en s'écartelant discrètement les yeux vers notre table. À côté de moi, fiché comme un drapeau gelé, l'exilé mahométan regardait gronder les larmes sanglantes des deux côtés du pansement de l'obscurité de Darwin.

— Il faut retrouver le Crocodile Géant, grondaient les larmes sanglantes.

Les flocons malades du Cauchemar de Darwin s'étalaient sur la table.

— Il faut retrouver le Crocodile Géant et lui ouvrir le ventre, grondaient les larmes sanglantes.

L'exilé mahométan tenait encore le tube d'aluminium dans la main.

— Nous lui remettrons le Cauchemar de Darwin à l'intérieur, grondaient les larmes sanglantes.

L'allumette n'était plus qu'un caillou de charbon entre ses doigts gelés.

— Nous lui recoudrons le ventre, proprement, grondaient les larmes sanglantes.

La bouteille était tombée par terre.

— Et le Crocodile Géant et les Fils du Premier Homme pourront enfin revivre en paix, grondaient les larmes sanglantes.

L'exilé mahométan s'effondra raide mort en arrière. Ses yeux révulsés étaient tout visqueux de blanchâtre. Ils avaient aspiré les nuages malades du Cauchemar de Darwin, et les cafards les recouvrirent sous leurs ténèbres.

— Il faut être authentique Fils du Premier Homme pour survivre à l'épreuve, grondaient les larmes sanglantes. C'est la dure loi du Cauchemar de Darwin.

Little Ricky vomit le jus de cafard.

— Fuck

— Fuck it

— Fuck

Mac Caïn
et les très nombreux personnages compliqués

Mac Caïn cherche un film de guerre à la télévision.

— Le Premier Roman aura définitivement des foules de très nombreux personnages, mais je veux qu'ils soient quelque chose de particulier, disons des réalités éphémères. Ils seront des réalités éphémères refusant leur réalité d'éphémère, leur unique réalité pourtant, mais ils la refusent et vivent comme des fardeaux de pierres. Ça va peut-être être un peu compliqué d'associer ces deux images, on va s'embrouiller les idées et il va falloir que j'explique. Il ne faut pas laisser de place au mystère dans un Premier Roman.

— Hum, fait Mac Caïn en train de ne pas trouver de film de guerre.

— Oui, en vérité mes personnages sont en rapport avec l'éphémère dans la seule mesure où ils le refusent, parce qu'ils se veulent éternels. Mais c'est l'inverse qui se produit. Écoute un peu : en refusant de vivre leur réalité d'éphémères, ils se réduisent à n'être que de la pierre morte. Se voulant éternels, ils sont déjà morts. Qu'est-ce que tu dis de ça ?

— Ah ! fait Mac Caïn, et il étend les jambes et allume une cigarette pour regarder le film de guerre.

Mac Caïn et les miettes
de grenade éclatée

— Paf ! C'est tout à fait ce que je voulais dire ! Ils sont des visions fugitives comme des miettes de grenade éclatée. Les explosions percent la nuit, les éclats pénètrent la chair du héros et s'enfoncent dans le fond de son corps. Le héros a bien sûr très mal et râle un peu, mais il est le héros et il s'arrache aussitôt les éclats pour les jeter loin de son corps. Les éclats disparaissent dans la boue, et le héros reprend son arme pour continuer de vivre.

— Le héros va crever, grommelle Mac Caïn.

— Ce serait embêtant. Le Premier Roman n'a plus que le héros pour demeurer hautement réaliste.

CHAPITRE X

La fuite malgré tout, et malgré Tania au balcon

— Où est le mahométan ? Où est le mahométan ?

Une foule d'hommes et de femmes s'était rassemblée dans la chambre pour regarder Grisou abattre le lit à coups de crosse de revolver. L'obscurité de Darwin était allongée derrière, dans son lit, les deux globes clos, intégralement obscure et impénétrable à part le pansement au milieu, mais la foule était trop occupée avec Grisou pour relever ce détail.

— Où est le mahométan ? Où est le mahométan ? hurlait Grisou en abattant le lit où aurait dû se trouver le mahométan. A chaque coup de crosse, l'écume jaillissait de ses cicatrices et retombait en crachin de larmes froides sur les hommes et les femmes réunis là pour regarder. Il se comprimait la tête dans les yeux comme font les électrocutés graves, les poils comme des clous plantés dans son cou, et il hurlait :

— Où est le mahométan ? Où est le mahométan ?

Même l'ex-putain Marie ne pouvait distraire l'attention générale, qui criait depuis son fauteuil roulant « Au grenier ! Au grenier ! Au grenier ! », et Grisou n'avait plus l'air de rien entendre, il avait maintenant fini d'abattre le lit et arracha la terrible bouteille à la terrible bouteille. Un murmure d'admiration traversa la foule. Grisou pulvérisa définitivement la terrible bouteille entre ses doigts et hurla :

— À nous deux maintenant !

La foule se fendit comme un seul homme pas chanceux sur son chemin. Si l'ex-putain Marie ne criait pas « Au grenier ! Au grenier ! Au grenier ! » depuis son fauteuil roulant, c'eût certainement été une autre description d'asphyxie de silence dans la chambre. Grisou était dressé devant le lit de l'obscurité de Darwin, revolver au poing, très électrocuté. Pendant que l'obscurité de Darwin persistait à garder les globes clos. Le revolver tremblait dans la main de Grisou. La foule ne comprenait pas. Grisou murmura d'une voix sourde :

— Où est le mahométan ?

Les globes sanglants s'ouvrirent brutalement dans l'obscurité. La foule tressaillit et reflua d'un demi-pas. Les globes sanglants ne semblaient regarder personne, ni la foule, ni Grisou, pas même le plafond sur lequel ils étaient accrochés comme de la chair morte. Ils paraissaient arrachés aux entrailles des ténèbres, incapables de se résoudre à ne plus contempler les entrailles des ténèbres. Et, comble de l'horreur, des larmes sanglantes se mirent à suinter des globes et à creuser de lourds sillons dans l'obscurité.

— C'est la dure loi du Cauchemar de Darwin, grondèrent les larmes sanglantes.

La partie féminine de la foule s'évanouit mais Grisou, loin de se laisser démonter, poussa son mugissement et écrasa la crosse de revolver en plein sur le pansement de l'obscurité de Darwin. Quand il releva la crosse, il n'y avait plus que le pansement collé dessus. L'obscurité de Darwin avait glissé hors du lit. Elle se tenait maintenant parmi la foule, les globes sanglants béants dans l'obscurité. La partie masculine délicate de la foule s'évanouit, les plus durs tressaillirent et s'écartèrent pour former un demi-cercle autour de Grisou, l'obscurité de Darwin et moi-même. « Au grenier ! Au grenier ! Au grenier ! » criait l'ex-putain Marie depuis son fauteuil roulant. Grisou, de l'explosion électrique et de l'écume plein le visage, parla lentement, en pelant chaque syllabe comme les pétales amoureuses d'un pissenlit :

— J'ai voulu tendre la main, on a craché dans ma main. J'ai voulu pardonner, on a piétiné mon pardon. J'ai voulu qu'on se sente bien tous ensemble, et on s'est moqué de moi. J'ai voulu la paix, et tu as tué le mahométan. Tu n'as pas de parole, tu n'as pas d'âme, tu n'es qu'un sale reptile aux enfers, et ta langue est fendue. Et tu as fait de Pudsam un reptile aussi. Vous êtes tous les deux des sales reptiles aux enfers.

Il mugit soudain :

— Je vais vous montrer comment j'arrange les sales reptiles !

Lève son revolver et tire. Tout à coup, le silence, surprenant, comme si le coup de feu avait aspiré tout le poids de la chambre. La fumée brouille la scène. L'obscurité de Darwin est debout à mes côtés. Je suis debout sur mes jambes. Nous nous retournons. La foule s'écarte lentement, comme un jeu de dominos qui tombe. Au bout du jeu de dominos, l'ex-putain Marie sur son fauteuil roulant. Un trou noir au milieu du front. Elle lance un dernier regard réprobateur à Grisou, puis bascule définitivement en arrière avec son fauteuil roulant.

Un cri dans la foule, et toute la foule se mit aussitôt à hurler, se bousculer, s'insulter, se frapper, se jeter des torches enflammées et se monter dessus pour s'enfuir au plus vite de la chambre. Au centre de la foule je remarquai soudain deux hommes très grands, stoïques, avec des lunettes, des casquettes, des uniformes et des revolvers, deux polisseurs de l'ordre qui étaient en train de m'observer.

— C'est le moment d'aller trouver ce Crocodile Géant, fit un murmure dans le creux de mon oreille.

Je regardai autour de moi et aperçus l'obscurité de Darwin au moment où elle se glissait hors du balcon. Je me glissai derrière et nous disparûmes sans faire tinter la clochette.

— Attendez-moi ! Moi aussi je peux être moi ma propre ombre ! Ma propre ombre ! Ma propre ombre ! criait Tania** depuis le balcon du Chalet en feu.

Mac Caïn et rien que la vérité

— Et quand je serai triste, j'écrirai des chapitres tristes, et quand je serai gai, j'écrirai des chapitres gais. Le Premier Roman sera strictement autobiographique.

Deuxième Tania

Sa tutrice était une femme sans âge qui aimait détester les gens qui passaient sous sa fenêtre. Elle était penchée à sa fenêtre, et elle criait :

— Dégagez ! Dégagez ! Dégagez !

Pendant que Tania lui rapportait des tasses d'huile de foie de morue à la menthe fraîche. Tania avait des yeux gigantesques qui voyaient tout, et ils voyaient si grand qu'ils ne voyaient jamais les chats empaillés qui s'accouplaient partout en travers la moquette. Tania trébuchait sur les chats, et la tasse d'huile de foie de morue à la menthe fraîche se renversait sur la robe de sa tutrice.

— Tss-tss-tss, fit la tutrice en soulevant sa robe. Tu as des yeux si gigantesques que tu n'y vois rien. Viens, ma petite, penche-toi un peu, là, et regarde tous ses détestables inutiles qui passent sous ma fenêtre. Tu peux voir comme ils sont inutiles ?

Tania se pencha à la fenêtre et, soudain, lui apparut l'homme dans sa vie. Il courait droit devant lui, des valises soigneusement bouclées au bout des bras, et elle le voyait qui s'éloignait en courant loin de la fenêtre.

— Allons ma petite... Tu te penches si bien que tu vas finir par choir et devenir une autre détestable inutile, disait la tutrice en suçotant sa robe.

Elle cracha le jus de sa robe et ramena Tania sur la moquette.

— Ma petite, ceci est prodigieusement infect. Il y a trop d'huile de foie de morue et pas assez de menthe fraîche, ou bien alors trop de menthe fraîche et pas assez d'huile de foie de morue. Qu'importe, c'est prodigieusement infect. Peut-être qu'il faudrait aussi m'appliquer à changer de robe... Tous ses détestables inutiles ne me laissent pas une seconde de répit. Maintenant, laisse-moi, et ne néglige pas de me rapporter une tasse d'huile de foie de morue à la menthe fraîche. Dégagez ! Dégagez ! Dégagez ! criait la tutrice en se penchant de nouveau à sa fenêtre.

Et Tania s'en retourna à la cuisine perdre l'homme dans sa vie.

SECTION DEUXIEME

Au pays des ombres

Mac Caïn et la salutaire clarté des obscurités

Mac Caïn n'a plus de cigarette. Il est assis derrière son volant et mordille les clés de sa voiture en scrutant les gens qui rentrent et qui sortent du supermarché.

Je dis à Mac Caïn :

— Le problème, c'est qu'il faut aussi tâcher de ne pas trop alourdir les obscurités volontaires dans le Premier Roman. Par exemple, si tout est clair dès le début, la suite du Premier Roman n'a plus aucune raison d'être. Mais si, inversement, tout est toujours volontairement plus obscur, le Premier Roman va très rapidement courroucer le raisonnement des gens.

Mac Caïn se gratte nerveusement les taches de rousseur avec les clés de sa voiture.

Je dis à Mac Caïn :

— Alors ce qu'il faudrait, c'est que le Premier Roman ne soit ni trop clair, ni trop obscur. Un drôle de melting-pot en forme de dilemme manichéen... À moins que les obscurités s'éclaircissent en ressemblant tout à coup à quelque chose de très commun que les gens se figurent en soupirant d'aise parce qu'ils l'ont déjà vécu et continuent de le vivre tous les jours. Quelque chose qui mettrait en scène le lecteur dans le salut du Premier Roman... C'est ça ! Il faut juste inventer la salutaire clarté des obscurités !

Mac Caïn enfonce brutalement les clés dans le contact et démarre la voiture en mettant à fond I Put a Spell on You des Creedence Clearwater Revival.

— Ce foutu supermarché est un tas de crétins, dit Mac Caïn en sortant du parking.

CHAPITRE XI

Au pays du Cauchemar de Darwin

Dans l'ombre profonde des jungles surplombant le Village Noyé, des ombres plus obscures que l'ombre grouillaient avec des grondements ravalés. Les villageois flottaient sur leurs toits, insouciants, à mille lieues d'imaginer qu'un peu plus haut, juste au-dessus d'eux, de sombres inconnus se retrouvaient pour vivre ensemble leur Cauchemar, et que le Grand Arbre qu'ils vénéraient de loin comme la Providence du Village Noyé était en réalité le point de rassemblement des obscurités de Darwin. Elles se pressaient dans une grotte du Grand Arbre, et leurs globes s'ouvraient sur des larmes sanglantes qui creusaient de lourds sillons dans l'obscurité.

— Si je vous dis qu'une queue de Crocodile Géant peut se déployer bien plus haut que vole le Concorde, disons deux cent cinquante-sept mille deux cents mètres et des poussières, grondaient des larmes sanglantes.

— Encore un sacrilège, grondaient d'autres larmes sanglantes. La queue de Crocodile Géant ne souffre pas les chiffres puisqu'elle est infinie.

— Poil au kiki ah ah ah, grondaient d'autres larmes sanglantes.

— Là n'est pas la question. L'important est de savoir si les nuages sont les vrais coupables ou s'il faut accuser la seule gourmandise du Crocodile Géant.

— Sacrilège !

— Le Crocodile Géant ! grondaient des larmes sanglantes.

— Les nuages ! grondaient d'autres larmes sanglantes.

— Et puis quel genre de Premier Roman a bien pu écrire notre Père le Premier Homme ? Un genre plutôt comique ? Tragique ? Tragi-comique ? Carrément dramatique ?

— Comique !

— Tragique !

— Tragi-comique !

— Carrément dramatique !

— Poil au kikique ah ah ah !

— Si je vous dis que c'est strictement autobiographique, grondaient d'autres larmes sanglantes. Qu'est-ce que notre Père le Premier Homme aurait bien pu trouver à écrire d'autre que sa vie si c'était la seule vie qu'il vivait ?

— Et la vie du Crocodile Géant alors ?

— Et qu'est-ce qu'il en savait, de la vie du Crocodile Géant ?

— Et toi qu'est-ce que tu en sais ?

— Moi j'ai le Cauchemar de Darwin !

— Et moi donc !

Et elles déballaient toutes leur Cauchemar de Darwin devant elles.

— Moi, grondaient des larmes sanglantes, j'ai dans l'idée qu'il parle de la vie des obscurités de Darwin.

— Ce serait lassant à la longue.

— Et pourquoi je vous je prie ?

— Poil au kiki ah ah ah !

— Parce qu'on ne fait rien d'autre que vivre dans notre Cauchemar de Darwin. M'est avis que s'il parle de nous, c'est seulement le temps de quelques chapitres, pour l'atmosphère, puis il passe à autre chose.

— Et il nous laisse tomber comme des torchons sales, c'est ça ?

— Oui, peut-être même qu'il nous tue.

— Sacrilège !

(Brouhaha et indignation générale)

— Ah, mais non alors ! Il ne manquerait plus que ça ! Nous tuer !

Profitant du tumulte, une obscurité de Darwin me poussa dans un recoin de la grotte. Un abîme me serrait la gorge, les globes sanglants contre moi, suintant sur mon visage.

— La chasse au Crocodile Géant est une quête solitaire, grondaient les larmes sanglantes. La chasse au Crocodile Géant est un enfer solitaire.

Mac Caïn et le roman aromatique

Je dis à Mac Caïn :

— J'essaie de trouver une écriture aromatique.

Mac Caïn est agité à cause de la cendre qui a traversé la mousse et est rentrée dans sa bière. Je lui dis :

— Il y a un écrivain italien, il dit que chaque roman a sa musique. Une musique bien à lui qui court dans toute l'histoire. C'est pas bête, mais en vérité ça ne m'intéresse pas du tout. Moi, j'aimerais juste que mon Premier Roman soit une odeur authentique.

Mac Caïn fronce les sourcils dans son verre, il souffle violemment du nez et avale la bière et la cendre d'une lampée. Puis il sort une autre cigarette de son paquet.

— Alors fais-le bien puer, il dit en allumant la cigarette.

Mac Caïn et la chasse œcuménique

Je dis à Mac Caïn :

— On est à peu près tous chasseurs de quelque chose. Le Premier Roman sera donc consacré à la chasse œcuménique.

L'odeur des pierres

Bien sûr, chaque pierre couve son odeur particulière. Parfois ce sont même plusieurs odeurs dans une seule pierre, on respire un peu plus fort et c'est une autre odeur qu'on découvre, puis on cesse de respirer et s'insinue un arrière-goût très prononcé qui n'a rien à voir avec aucune des différentes odeurs de la pierre. Ce sont les pierres mystérieuses. Pourtant, si on veut secouer un peu le fardeau pour respirer, les pierres toutes ensemble seront une seule et même odeur. C'est curieux. Comme si en vivant les unes sur les autres les différentes odeurs se seraient ramollies et fondues en une seule et même odeur. Ou peut-être que c'est seulement un autre tour de l'existence pour ne pas trop sombrer dans son propre chaos, et elle transforme le chaos d'odeurs en une seule et même odeur dans sa respiration. Une odeur insaisissable, comme des abysses sous une solide croûte de glace où s'épanouissent les herbes folles. Mais il suffit de retirer une pierre du fardeau, une seule pierre pour retrouver son odeur particulière, parfois plusieurs odeurs dans une seule pierre, on les respire et elles sont soudain radicalement étrangères à notre respiration, comme si elles avaient maintenant leur vie propre, hors de nous, et soudain notre respiration nous paraît elle-même étrangère, nous cessons de respirer et notre asphyxie est encore plus étrangère et nous sommes noyés sous la pierre.

Mais ce serait idiot de regretter quoi que ce soit, sinon de ne pouvoir exister dans une seule et même odeur, simple et pleine comme une pierre dans le creux de la main.

CHAPITRE XII

La pêche aurait aussi bien pu être ce havre : moi, enfin

La ligne filait à la surface de l'eau comme un souvenir paresseux qu'on caresse pour s'endormir, de plus en plus légère au bout des doigts. Tout autour les jungles croissaient en s'entortillant, elles croissaient jusqu'au ciel et c'était une bulle entortillée de jungles très douces, les quelques rayons de soleil emprisonnés à l'intérieur se cachaient dans les fougères pour ne pas être définitivement digérés et les jungles étaient sombres et gorgées d'odeurs de feu de cheminée, de vieux livre, de fauteuil en cuir et de sucre brun dans le lait qui enveloppaient le ciel, le fleuve, la petite plage, moi et ma ligne à Crocodile Géant. On pouvait presque exister rien qu'en respirant. Le Crocodile Géant ne mordait pas beaucoup, bien sûr, sans quoi ça aurait été trop facile, alors je restais sur mes gardes et laissais la ligne filer dans le courant.

Sous l'entortillement de jungles au milieu du fleuve, des familles dérivaient sur des troncs flottants. C'étaient des familles entières, avec l'homme debout à l'arrière du tronc, puis la femme, les enfants et les bébés allongés comme des doigts tordus à ses pieds. Elles étaient toutes absorbées à leur dérive et ne faisaient pas attention à moi. J'ai d'abord pensé qu'il s'agissait d'autres chasseurs de Crocodile Géant, des rivaux qui cherchaient eux aussi à lui fourrer les nuages malades dans le creux du ventre, et ils m'ignoraient à cause de la digne rivalité entre chasseurs. Mais en détachant un peu de concentration de ma ligne et en la plissant sur ces hommes, ces femmes, ces enfants et ces bébés, je compris qu'ils n'étaient pas des chasseurs de Crocodile Géant. Leur mine apostolique n'avait rien de la redoutable fierté du chasseur de Crocodile Géant. Sur chaque tronc, l'homme, la femme, les enfants et les bébés, tous très pâles et maigres, écarquillaient de grands yeux sans sourcils sur le fleuve comme s'il allait d'une seconde à l'autre s'ouvrir sur une énorme mâchoire qui les engloutirait tous. Ils étaient terrorisés. Ils fuyaient. Ils étaient les Fils du Premier Homme et fuyaient l'épouvantable vengeance du Crocodile Géant.

Je coinçai la ligne sous une pierre et agitai les bras en criant pour leur dire de ne pas s'inquiéter, je chassais le Crocodile Géant et où était le Crocodile Géant. De plus en plus de familles terrorisées descendaient le fleuve, mais aucune ne faisait attention à moi. Je criai jusqu'à ne plus entendre ma voix. Alors, furieux, je voulus sortir une pierre de ma poche pour la leur lancer dessus. J'enfonçai la main dans ma poche, et la main me traversa les deux cuisses. Je retirai la main et m'enfonçai l'autre main dans mon autre poche. La main me traversa les deux cuisses. Un épouvantable pressentiment me fit baisser les yeux sur moi. Je tressaillis. Ma main flottait à l'intérieur de mes cuisses, ou bien c'était l'inverse et mes cuisses qui flottaient dans la paume de ma main, mais en vérité je ne voyais plus ni la main ni les cuisses. Juste une ombre. Une ombre qui se déplaçait à la place du corps. Un de mes tics nerveux favoris la secoua, et je compris.

Mon corps était son ombre.

J'étais devenu une obscurité de Darwin.

CHAPITRE XIII
Course-poursuite à la Tania

La chasse au Crocodile Géant était la remontée impétueuse du fleuve sur un tronc flottant avec un tronc ramant. La ligne filait derrière, pour la conscience tranquille, et le Cauchemar de Darwin était à l'abri dans les entrailles de l'ombre. L'ombre ramait sans relâche contre le courant. Bien sûr, si elle levait la tête pour regarder les jungles autour d'elle, elle était aussitôt accablée sous l'impression de ne faire que ramer contre le courant devant sa petite plage. Mais elle savait que c'était tout à fait le genre d'impression que cherchent à donner les jungles pour décourager la chasse au Crocodile Géant. Alors, elle ne levait pas la tête et, pour aller plus vite, elle regardait le courant qui léchait goulument son tronc flottant. Les familles terrorisées la croisaient à toute allure, sans la remarquer, il y en avait de plus en plus, puis il y en eut de moins en moins, puis plus du tout. Le fleuve s'assombrit funestement. L'ombre risqua un coup d'œil sur les jungles. Elles étaient toutes étouffées sur elles-mêmes, sans plus aucun rayon de soleil survivant dans les fougères, et une odeur de cancer incurable dégoulinait dans le fond de la gorge. La tête de l'ombre lui tournait terriblement, mais elle ne pouvait pas arrêter de ramer, sans quoi le courant la remporterait en arrière et tout serait à recommencer. Il fallait seulement trouver le Crocodile Géant. Mais si elle l'avait dépassé ? L'ombre releva la tête. Il n'y avait plus aucune famille, non. Donc il n'y avait plus de danger. Le Crocodile Géant n'était pas là. Elle se frappa l'ombre et allait jeter le tronc ramant à l'eau, mais soudain une autre idée la frappa. Il n'y avait aucune famille, non. Et si le danger était justement ici. Si le Crocodile Géant avait dévoré toutes les familles... Si le Crocodile Géant était juste dessous, dans cette eau noire, et qu'il s'apprêtait à surgir pour engloutir l'ombre... Un de mes tics nerveux favoris la secoua, et elle se dressa d'un bond sur son tronc flottant. Elle s'agrippa à son tronc ramant de toutes ses forces et essaya de ramer impétueusement vers une petite plage qui se trouvait justement là. En vain. Si elle ne ramait pas impétueusement tout droit à contre-courant, l'ombre était aussitôt emportée en arrière, mais toujours au centre du fleuve. Il était tout à fait impossible de rejoindre la rive. Un craquement fendit l'obscurité. Là-haut, derrière l'entortillement de jungles, un vol d'oiseaux migrateurs passait. L'ombre se releva d'un bond et ramena précipitamment sa ligne. Elle dégagea de l'hameçon l'amorce en morceau de Cauchemar de Darwin, puis elle se tourna en direction du vol d'oiseaux migrateurs en faisant des moulinets avec la ligne, de plus en plus rapides, de plus en plus nombreux, qui au même instant se projetèrent tous ensemble dans un seul sifflement vers le vol d'oiseaux migrateurs. La ligne s'enroula autour du cou d'un des oiseaux, mais à peine l'ombre eut-elle tiré un coup sec pour prendre son envol avec l'oiseau que l'oiseau se tordit en deux et dégringola dans l'enchevêtrement de jungles. L'ombre en panique tirait de toutes ses forces sur la ligne pour essayer de se hisser dans les jungles, mais l'oiseau se démêla et dégringola silencieusement dans la nuit tombante. L'ombre dépitée le regarda tomber. Il ne s'était pas encore écrasé à la surface de l'eau que, tout à coup, terrible et hurlante, une créature jaillit des profondeurs du fleuve et happa l'oiseau en plein vol. Tania*** elle, Crocodile Géant se renfonça dans le fleuve noir, l'oiseau broyé dans le fond de la gueule.

L'ombre folle de panique arracha le Cauchemar de Darwin de son fond d'ombre et se jeta à l'eau en hurlant à la mort.

Troisième Tania

Un matin, Tania revenait avec une tasse d'huile de foie de morue à la menthe fraîche et trébucha sur les chats empaillés qui s'accouplaient en travers la moquette. La tasse lui échappa des mains, et l'huile de foie de morue à la menthe fraîche se renversa sur le rebord vide de la fenêtre. La tutrice n'y était plus penchée. Tania s'avança prudemment. En bas, les passants entouraient la tutrice aplatie sur le bord du trottoir. Ils commentaient :

— La tutrice s'est tellement penchée à sa fenêtre qu'elle est tombée.

— C'est un peu à cause de nous alors.

— Pas du tout. C'est à cause de tous ses chats empaillés.

— Qu'est-ce qu'elle pue sa robe.

— C'est parce qu'elle n'avait jamais le temps d'en changer.

— C'est un peu à cause de nous alors.

— Pas du tout. C'est à cause de Tania qui voit tellement grand qu'elle n'y voit jamais rien.

— Pauvre gamine, elle est seule maintenant.

— Elle va devoir travailler pour continuer de vivre.

— Elle a des yeux si gigantesques... Je lui trouverais un travail à la mesure de ses yeux.

— Nous nous y appliquerons.

Un croque-mort finit par venir ramasser la tutrice aplatie, et les passants passèrent leur chemin.

Tania n'avait plus aucune raison de rapporter aucune tasse d'huile de foie de morue à la menthe fraîche.

Elle devait maintenant travailler pour continuer de vivre.

CHAPITRE XIV
Les larmes sanglantes disaient vrai

Je me réveillai sur ma petite plage, nu et imprégné de gluant de fleuve. C'était la nuit. Les jungles étaient noires et froides et exhalaient de la lourdeur qui démangeait dans les yeux. Il pesait un silence de pendus se balançant au clair de lune, sauf qu'il n'y avait aucun clair de lune, peut-être seulement des pendus se balançant tout autour de moi dans les ténèbres. Je me recroquevillai un peu plus en mordant le sable, mais quelque chose toussa dans les ténèbres et je me retrouvai aussitôt à galoper au travers les jungles.

Évidemment quelque chose de diabolique, toussant et inconnu me talonna jusqu'à ce que j'arrive au Grand Arbre. Je trouvai la grotte et sautai dedans. J'atterris sur du mou floconneux sur fond d'abysse. Un Cauchemar de Darwin dans une obscurité de Darwin. Je levai les yeux. Dans la grotte, ce n'étaient que des obscurités de Darwin pendues par les globes sanglants à des crochets rutilants, les obscurités éventrées et le Cauchemar de Darwin planté dans les entrailles.

Quelque chose toussa, et aussitôt une lumière inonda la grotte.

— Il est là.

Les villageois du Village Noyé s'avancèrent dans la grotte, brandissant des torches et des crochets rutilants.

— C'est lui.

Ils étaient tout autour de moi et m'observaient en silence. Ils respiraient fort et j'essayais de contrôler mes tics nerveux favoris pour donner l'impression d'être tout à fait à l'aise.

— Ça va, finit par dire un des villageois du Village Noyé aux autres villageois du Village Noyé. Celui-là est nu et vilain mais ce n'est pas une sale obscurité de Darwin.

Il se pencha sur moi.

— Sale étranger, maintenant tu vas courir très vite, et nous te poursuivrons en hurlant comme des bêtes sauvages pour te sacrifier à la Providence souillée du Grand Arbre.

Et je m'enfuis tout nu sur la route avec les villageois du Village Noyé brandissant leurs crochets rutilants et hurlant comme des bêtes sauvages à mes trousses.

Mac Caïn et la drôle d'impression

Mac Caïn mâche des cacahuètes.

— C'est une drôle d'impression. En vérité j'ai l'impression d'avoir déjà écrit tout ça. J'ai l'impression que le Premier Roman a déjà été écrit, et qu'il ne me reste plus qu'à l'écrire comme si je le lisais. C'est une drôle d'impression de Premier Roman.

Mac Caïn crache les cacahuètes. Ce qu'il déteste, c'est digérer les cacahuètes.

— Tu nous emmerdes avec ton Premier Roman, dit Mac Caïn en saisissant une autre poignée de cacahuètes.

DEUXIEME PARTIE

SECTION PREMIERE

Les jouisseurs de l'abîme

Mac Caïn et le doute

— Alors ce qu'il faudrait être en mesure de déterminer, c'est la bonne place du doute dans le Premier Roman.

Mac Caïn a les mains dans les poches en face de la mer.

— D'abord, est-ce que le doute peut seulement avoir une bonne place dans le Premier Roman ? Ce n'est pas dit. Peut-être qu'au contraire il faut se laisser aller à trancher des choix bien cuits, plaquer des mots catégoriquement masculins et paraître très sûr de soi pour le Premier Roman.

Mac Caïn garde les mains dans les poches en face de la mer.

— Parce qu'un Premier Roman à doute, c'est encore de l'embrouillement, mais c'est aussi de la profondeur. Le Premier Roman doit nécessairement être profond. La machinerie qui ronronne toute seule, c'est bon pour les Grands Artistes.

La mer s'écrase un peu fort contre la jetée et éclabousse les chaussures de Mac Caïn. Il ne retire toujours pas les mains de ses poches, mais lève les pieds pour regarder la mer sur ses chaussures, puis il rabaisse les pieds dans ses chaussures pleines de mer et, enfonçant plus profondément les mains dans les poches, il crache loin dans la mer.

— Salope, dit Mac Caïn.

CHAPITRE I
Au Big Boss

Le tube néon tranchait derrière les bouteilles comme un bistouri de médecin coléreux, les bouteilles étaient éventrées de lumière et les lumières se répandaient et imbibaient le comptoir, une lumière pour chaque bouteille, une odeur pour chaque lumière. Nous étions pressés coude à coude dans l'odeur blanc projecteur, entre l'odeur azur noyé et l'odeur vert insomnie, tandis que sous nos tabourets nos jambes étaient figées dans le néant glacial d'odeur de lumière. Sur le comptoir Big Boss fumait un cigare éteint dans une photographie, côte à côte, Big Boss-dessus, Big Boss-dessous, empilé à fumer des cigares éteints avec des milliers d'autres Big Boss photographiés fumant des cigares éteints dans tous les genres d'odeurs jusqu'à l'odeur pourpre impérial où se tenait Big Boss fumant son cigare éteint.

— C'est moi Big Boss, disait Big Boss en fumant son cigare éteint. Il n'avait pas forcément l'air de s'adresser à aucune photo en particulier, mais ses lèvres s'épanouissaient comme de grasses bulles de savon autour de son cigare éteint et, les bras vénérablement croisés sur son buste, les mains augustes sous les aisselles, il regardait droit devant en consentant des yeux comme s'il n'y avait plus rien à voir que de la bonne fumée de cigare autour de lui. C'était le genre de Big Boss parfaitement sûr d'être heureux tant qu'il existerait au milieu de la bonne fumée de cigare.

— Sacré Big Boss, disait Big Boss en fumant son cigare éteint.

Pendant que son Fol Amour ne faisait qu'imperceptiblement glisser vers son odeur pourpre impérial. Fol Amour de Big Boss glissait imperceptiblement d'une odeur à l'autre, il était très difficile d'identifier l'instant où elle abandonnait l'odeur gris rail pour pénétrer l'odeur rouge église, par exemple, ou bien quand elle avait fini de pénétrer l'odeur mauve tumeur vers l'odeur brun plus d'encre, et s'apprêtait à abandonner l'odeur jaune famine. Mais à chaque odeur elle souriait toujours davantage. On ne discernait sa progression au travers les odeurs qu'au sourire qui lui dilatait toujours plus large le visage, toujours plus large en s'approchant de l'odeur pourpre impérial de Big Boss fumant son cigare éteint, et Fol Amour de Big Boss s'approchant était bientôt si proche et si dilatée que, tout à coup, son sourire lui mordait dans les yeux et un fracas de larmes brûlantes en sourdaient brutalement. Fol Amour de Big Boss était en train de hurler dans ses larmes, au moment même où Big Boss s'enlevait les mains de dessous les aisselles et, sans jamais cesser de fumer son cigare éteint, levait les bras pour chavirer l'emplacement des bouteilles.

Mac Caïn et les miroirs fendus

— Attends voir ! En vérité un Premier Roman n'est écrit qu'une seule fois. C'est en quelque sorte sa caractéristique première et incontournable. Donc, il s'agit de s'arranger pour écrire à l'intérieur du Premier Roman des tas d'autres Premiers Romans, pour la profondeur des miroirs fendus, bien sûr, mais surtout pour éviter d'avoir à tout le temps écrire un même Premier Roman, ce qui à la longue serait lassant et entre nous assez peu téméraire. L'intolérable problème maintenant, c'est de trouver une manière d'autres Premiers Romans à l'intérieur du même Premier Roman. Qu'est-ce que t'en dis ?

Les esclaves des pierres

C'est-à-dire que des gens ne vivent que dans la mesure où leurs pierres brillent ou ne brillent pas. La marche forcée ne les concerne pas, ils ne veulent pas se faire d'illusion là-dessus, ils ne regardent pas leurs pieds parce qu'ils ne veulent plus se faire d'illusion, un pied par-ci, un pied par-là et la liberté et toute l'effroyable illusion encore. Ils marchent là où ils ne peuvent que marcher, et en attendant ils regardent en arrière, dans leur fardeau de pierres, et parce qu'il faut bien vivre ils vivent dans leur fardeau, et ils ne vivent que dans la mesure où leurs pierres brillent ou ne brillent pas.

Or il y a des jours sans reflet, sans relief, sans éclaircie, et ces jours-là le fardeau de pierres est si obscur et épais qu'ils ne peuvent plus le pénétrer. Ils ne peuvent plus le pénétrer, et s'ils le pénètrent malgré tout leur poids les écrase, et ils se retrouvent aussitôt éjectés hors leur fardeau, hors ce qui les fait vivre, hors toute vie.

Ces jours-là sont la nuit des pierres. Eux, leurs esclaves. Les esclaves des pierres, condamnés à vivre en leur fardeau les jours brillants, à mourir sans eux-mêmes dans la nuit des pierres.

Et ils sont ce que nous sommes tous, nous autres morts vivants.

Mac Caïn
et les morts vivants

— C'est exactement ça ! Ils sont les morts vivants ! Tu comprends ce que c'est qu'un mort vivant ? Mais il y en a partout ! Ce sont eux, les uniques, et ils ne vivent qu'à reculons, et en vérité ils sont des rois faméliques ! Des orgiaques rois faméliques !

— Arrête de gueuler comme ça, dit Mac Caïn en tournant à gauche.

— D'accord. Une joyeuse certitude alors.... Mais... mais alors où sont passés ceux qui vivent encore ?

Les plus riches en pierres
sont toujours les plus pauvres en vie

D'accord, une pierre ne pèse que dans la mesure où on lui met quelque chose dedans. Quelque chose de nous, de bien vivant parce qu'à nous. Sinon les honnêtes gens pour qui la pierre ne pèse rien ont l'habitude de considérer la pierre comme matière morte, et quand ils disent « pierre » le mot même « pierre » sonne mort.

Mais on dit aussi que c'est la mort qui pèse le plus lourd, et on dit aussi qu'ils sont nombreux ceux qui par peur de se perdre se perdent pour de bon.

Et ils deviennent les morts vivants, et les pierres sont toujours plus lourdes pour les morts vivants : ils les traînent comme une éternité en pierres, et derrière eux elles brillent comme des fers ardents, et elles s'éteignent comme des rêves trop vieux, ah les fiers forçats des pierres, les morts vivants que seul leur fardeau fait toujours tenir debout !

Mais où sont donc passés ceux qui vivent encore ?

CHAPITRE II
La vie sous les projecteurs

Et les odeurs de lumière se chaviraient et nous étions chavirés avec elles. Il y avait toujours un certain moment de confusion pour retrouver notre odeur. On s'emmêlait un peu les jambes en sautant de tabouret en tabouret, parfois même on manquait trébucher tout à fait, mais on se tordait comme des serpents brûlés pour se rattraper à temps et vite retrouver notre odeur. Seul Big Boss demeurait immobile, en bout de comptoir entre la trappe au plafond et la trappe au plancher, fumant son cigare éteint en consentant des yeux dans l'odeur pourpre impérial. Son Fol Amour commençait de nouveau à lui sourire de l'autre bout du comptoir, au fond de la dernière odeur de lumière. Entre eux, nous étions serrés coudes à coudes dans l'odeur blanc projecteur, maintenant entre bleu matraque et orange fin d'amour.

Et la vie reprenait son cours.

L'Archéologue était recroquevillé sous sa bosse au front, le creux des mains grattant dans sa bouche comme s'il se déterrait les mots du fond de la gorge. Les mots sortaient, beaucoup, sans arrêt même, mais en raclant terriblement, et ils s'effritaient à peine ils s'ébrouaient à la surface. Il fallait écouter très attentivement pour les saisir à peu près entiers.

— Creuse... croco... enfle... croco... creuse... croco... enfle... croco... pète ! pète !... creuse... croco... enfle... croco... creuse... croco... enfle... croco... pète ! pète !

C'était assez ésotérique, d'autant plus que de l'autre côté du comptoir Bantou Blond l'Anthropophage couinait sauvagement. Il couinait sauvagement parce qu'il frottait Big Boss photographié, et il couinait toujours sauvagement quand il frottait Big Boss photographié parce qu'il ne supportait pas les moustaches rigolotes que n'arrêtait pas de lui dessiner le Psychologue Moustachu en cachette. Le Psychologue Moustachu était penché sur le comptoir à dessiner en cachette des moustaches rigolotes à Big Boss photographié, il faisait l'impossible pour pouffer très discrètement tout en dessinant, mais à un moment il n'en pouvait vraiment plus, les moustaches étaient trop rigolotes, il abattait le poing sur le comptoir et se mettait à hurler de rire. Ça rendait Bantou Blond l'Anthropophage très anthropophage.

— Coui ! Coui ! il couinait sauvagement avant de jeter sa serviette en travers le Big Boss photographié et brandir son long doigt bantou sous les moustaches du Psychologue Moustachu.

— Je vais te bouffer tout cru ! il couinait entre ses dents en salivant de partout. Je vais te bouffer tout cru, puis je ferai des os avec ton corps et je les boufferai tout cru encore !

Sa très haute et crépue toison blonde se dressait sur le haut de sa tête comme un bûcher plein de Psychologue Moustachu, et ce dernier était sincèrement navré et n'imposerait plus jamais aucune moustache rigolote à aucun Big Boss photographié. Alors Bantou Blond l'Anthropophage ravalait bruyamment sa salive, reprenait sa serviette et se remettait à frotter Big Boss photographié en couinant sauvagement pendant que, de l'autre côté du comptoir, le Psychologue Moustachu se penchait pour dessiner en cachette des moustaches rigolotes à Big Boss photographié en faisant l'impossible pour pouffer très discrètement.

— pète !... creuse... croco... enfle... croco... creuse... croco... enfle... croco... pète ! pète !

— Big Big Boss.

Et Fol Amour de Big Boss glissait imperceptiblement d'une odeur à l'autre comme une mélodie au Purgatoire.

CHAPITRE III
Analyse piloluminescente

Je me demandais quel genre de mélodie on faisait au Purgatoire quand quelque chose m'enfonça le nez et la bouche en couinant.

— Je vais te bouffer tout cru, puis je ferai du sang avec ton corps et je te boufferai encore !

— Je suis sincèrement navré et n'imposerai plus jamais aucune moustache rigolote à aucun de mes comptoiriotes, dit le Psychologue Moustachu.

Bantou Blond l'Anthropophage m'arracha la serviette du nez et de la bouche et je retombai en avant dans l'odeur blanc projecteur qui imbibait le comptoir.

— Psitt ! Psitt ! Maintenant tu as des moustaches, et elles sont tellement rigolotes ! Qu'est-ce que tu penses des moustaches ?

— Et les moustaches dis ?

— Tu n'en penses rien, des moustaches ?

Le Psychologue Moustachu assène un violent coup de poing sur le comptoir et hurle.

— Alors, je vais te dire moi ce qu'elles sont les moustaches ! Tous les hommes ont des moustaches, et ceux qui n'ont pas de moustaches ne sont pas des hommes, ils sont des femmes ! Hou ! Hou !

— Hou ! hou ! il conspue violemment.

— J'entends ! Nier ses moustaches c'est nier les hommes ! A chacun selon ses moustaches ! Les femmes en ce monde ne méritent pas de moustaches, parce qu'elles sont de ce monde et n'aspirent qu'à ce monde ! La preuve : ce sont les seules à ne pas avoir de moustaches ! Les vieilles, c'est une autre affaire. Les vieilles se sont repenties. Elles sont des hommes foutus !

— Hou ! Hou ! il conspue violemment.

— J'entends ! Il n'y a qu'à voir les nigaudes imberbes qui infectent le Premier Roman ! J'aurais déjà disparu dans le néant glacial avec mes pages et mes moustaches si je n'étais pas si essentiel au professionnalisme rythmique dans le Premier Roman ! Les femmes aussi d'ailleurs, mais sans moustaches, alors elles ne peuvent pas disparaître dans le néant glacial : elles sont déjà disparues !

— Hou ! Hou ! il conspue violemment.

— J'entends ! Quand ma femme a disparu, j'ai compris sa disparition ! La preuve : elle a d'abord feint vouloir seulement se blottir dans mes moustaches, parce que mes moustaches étaient chaudes et qu'elle aimait avoir chaud dans mes moustaches. Mais bientôt la voilà qui se rétracte et va s'enfonçant dans mes moustaches, elle se fond dans mes moustaches pour pouvoir exister en elles, pour ne pas avoir à exister hors d'elles, pour ne pas avoir à gâcher son existence en dehors d'elles mais seulement gâcher son existence de femme dans mes moustaches, et alors elle se fond dans mes moustaches jusqu'à en devenir la raison profonde, la seule, la toute puissante raison. Et alors elle a disparu.

— Hou ! Hou ! il conspue violemment.

— J'entends ! Quand ma femme a disparu, mes moustaches sont devenues mes moustaches authentiques. La preuve : si la lumière DERRIÈRE les bouteilles avait eu des moustaches, elle n'aurait pas eu besoin de bouteilles pour exister. Elle ne serait que la lumière dans la lumière, et nous serions crus et purs et libres d'odeur comme la lumière dans la lumière, avec nos moustaches, mais sans avoir besoin de moustaches, ce qui revient aux moustaches authentiques ! Et les moustaches authentiques savent pardonner ! Les moustaches authentiques sont le Pardon...

— Hou ! Hou ! il conspue violemment.

— J'entends ! Ah ça ira, ça ira les antimoustaches ! Moustaches dans l'eau, moustaches en roc, moustaches au feu, et maintenant tu veux parler de mélodie au Purgatoire ? Il n'y a aucune mélodie au Purgatoire, parce que la mélodie n'a pas de moustaches et la mélodie est femme et n'existe que dans les rêves, et il n'y a pas de Purgatoire non plus, à cause des âmes qui n'ont pas de moustaches et sont femmes et n'existent que dans les rêves. La seule chose, c'est le néant glacial qui aspire sous nos jambes. Lui a des moustaches, et lui est femme aussi, il est toutes choses parce qu'il n'est rien ! Ah, j'aime les moustaches ! Je veux les moustaches ! J'aime les moustaches !

Une trombe hurlante secoua tout à coup la Poésie aux Moustaches. Fol Amour était sur le point de pénétrer l'odeur pourpre impérial, au moment même où Big Boss s'enlevait les mains de dessous les aisselles et, sans jamais cesser de fumer son cigare éteint, il leva les bras pour chavirer l'emplacement des bouteilles.

Mac Caïn et le fameux coup de main

Mac Caïn commande des pizzas sans sale fromage.

Je dis à Mac Caïn :

— Je ne veux pas insister, mais ce n'est pas toujours commode un Premier Roman. Parfois on sent qu'il s'effondre, alors on arrête sur-le-champ de faire ce qu'on était en train de faire et on se met à penser à fond au Premier Roman. On pense à fond, on plisse les yeux à force de penser à fond, mais c'est trop tard. Le temps de penser à fond que le Premier Roman est bel et bien effondré. Et alors tout à coup on est terriblement seul devant le Premier Roman effondré.

Mac Caïn allume une autre cigarette sans lâcher le pizzaiolo des yeux.

— Je ne veux pas me plaindre, mais c'est dur un Premier Roman. Tu comprends, ce qu'il faudrait dans ces cas-là, c'est qu'un personnage surgisse et vienne donner un coup de main. Il surgirait du Premier Roman effondré, il s'installerait solidement dedans et me remettrait tout ça sur les rails. Oui, un personnage pareil, ça représenterait un fameux coup de main pour le Premier Roman.

Mac Caïn écrase le filtre de la cigarette entre ses dents.

— Cet enfant de salaud est en train de badigeonner du sale fromage plein nos pizzas, dit Mac Caïn en écrasant le filtre de la cigarette entre ses dents.

CHAPITRE IV
La bosse en l'Archéologue

Parfois, entre deux chavirements d'odeur, je me retrouvais à coudoyer l'Archéologue et ses mots éparpillés. L'Archéologue ne faisait pas attention à mes coudes, et je crois qu'en vérité peu lui importait qu'il y eût un coude, deux coudes ou n'importe quel coude pour le coudoyer : il demeurait recroquevillé sous sa bosse au front, à se gratter le creux des mains dans la bouche comme s'il se déterrait les mots du fond de la gorge pour les éparpiller à la surface. Mais moi, à force de le coudoyer, je conçus de l'intérêt. C'est que sa bosse au front était douloureusement intrigante, aussi, on prenait son temps pour l'examiner et elle mettait de l'eau dans la bouche comme une croûte profonde qu'on arrache. Alors quand je le coudoyais j'écoutais attentivement ses mots éparpillés, et à force d'écouter je suis devenu un genre d'intime de l'Archéologue.

C'est ainsi qu'est advenu le Triste Sort de la Montagne Enfouie. J'ai pris du temps pour réunir les mots éparpillés. Ils raclaient terriblement, et il a fallu leur trouver à chacun une place où ils se sentissent bien et respirassent paisiblement. Ça n'a pas été facile, et en vérité je ne suis pas tout à fait sûr d'en être arrivé à bout.

Mais chaque chose en son temps. Parce que pour entendre le Triste Sort de la Montagne Enfouie, j'ai d'abord dû reconstruire les mots réunissant l'identité de l'Archéologue éparpillés sous les râles.

La bosse en l'Archéologue

Avant d'être quelqu'un, nous faisons souvent quelque chose. L'Archéologue avant d'être l'Archéologue passait sa vie à creuser. Il creusait depuis toujours, et jamais il n'avait pensé à rien d'autre qu'à creuser. Si bien qu'à force de creuser toute sa vie, il découvrit qu'il creusait pour trouver quelque chose. Quelque chose de très enfoui et mystérieux, peut-être le pourquoi de sa vie à creuser. Cette découverte lui exalta l'ardeur, et il redoubla d'effort pour creuser plus loin encore. Plus il creusait, plus il s'exaltait. Il frappait la pierre avec sa pioche, et les râles de sa pioche frappant la pierre résonnaient lourdement à l'intérieur de son front. Bien sûr, lui creusait tellement qu'il ne pouvait plus rien entendre, et il ne s'apercevait pas qu'à mesure qu'il creusait, les râles résonnaient plus lourds et abondants dans son front, si lourds et abondants que son front était bientôt devenu trop étroit pour les amasser tous. Les râles s'entassaient plus lourds et abondants à mesure qu'il redoublait d'ardeur pour creuser plus loin, et par-dessus sa pioche son front saturé commença d'enfler. Les râles étaient en train de lui faire à son insu une monstrueuse bosse au front.

Pourtant, un hasard advint qui lui bouleversa brusquement la vie.

Il creusait ardemment, quand il tomba sur un hasard de pierre dure qui résistait à sa pioche. Très confiant, il voulut soulever plus haut sa pioche pour réduire la pierre en miettes et continuer de creuser ardemment, mais la pioche en prenant son élan heurta quelque chose d'affreusement douloureux au-dessus de ses yeux. Alors, la pioche lui tomba des mains et, pour la première fois de sa vie, il se rappela sa propre existence. Il leva les mains et les porta à son front.

Son front n'était plus qu'une monstrueuse bosse. Une monstrueuse bosse encombrée de râles s'écrasant les uns les autres. Et dans cette bosse monstrueuse, dans son front, tous ses mots, ses mots à lui, désintégrés. Il n'y avait plus aucun recoin pour ses mots à lui. Rien qu'un étau de râles écrasants.

Aussi, depuis ce hasard de pierre dure, l'Archéologue a pour toujours cessé de creuser. Il a abandonné la pioche pour consacrer sa vie à retrouver ses mots désintégrés sous les râles.

Et c'est ainsi que ses mots se sont réunis dans le Triste Sort de la Montagne Enfouie. À force de l'écouter très attentivement, peu à peu j'ai pu concevoir la logique de ses mots sous les râles. Il y manque certainement quelques détails secondaires, tandis qu'à d'autres endroits j'ai pu concevoir un peu librement. Mais ça n'a aucune importance. L'important, c'est que le Triste Sort de la Montagne Enfouie soit bel et bien l'histoire véritable au-delà le creux des mains de l'Archéologue.

CHAPITRE V

Le Triste Sort de la Montagne Enfouie

Il était une fois une belle, très haute, majestueuse montagne qui s'élevait sur la Terre entière. Si à cette époque les hommes avaient eu des toiles pour mettre des couleurs dedans, ils auraient seulement vécu pour peindre la montagne, et ils se seraient entretués pour décider si elle tirait sur le crème mousse gouleyante, ou bien dominait plutôt l'écarlate Cléopâtre, ou si elle était catégoriquement bonbon joie de vivre. Ils se seraient entretués et entretués et finalement ils n'auraient rien peint du tout. La montagne était trop belle. Elle était tellement belle que les hommes ne vivaient pas encore. Il n'existait que la belle, très haute et majestueuse montagne et, à l'intérieur, le Premier Homme. Le Premier Homme y vivait depuis toujours, mais il était bien trop occupé à son Premier Roman pour s'apercevoir de l'existence de la montagne. Le Crocodile Géant quant à lui n'aurait rien pu admirer du tout : il n'habitait qu'une légende obscure, et au-delà de la légende obscure il n'était en réalité rien d'autre que la montagne elle-même.

Si bien qu'il n'y avait que les nuages dans le ciel pour admirer la montagne. Ils la trouvaient belle, très haute, majestueuse, ils venaient de tous les horizons pour s'amasser autour de son sommet. Les nuages ne se lassaient pas d'admirer la montagne, et tous les jours il en venait davantage pour s'amasser et l'admirer encore.

La montagne en plus d'être belle, très haute et majestueuse, était aussi très fière d'être admirée par une telle foule de nuages. Elle se prêtait volontiers à leur admiration, et les nuages s'amassaient toujours plus nombreux pour venir l'admirer.

Mais, un matin, les nuages étaient devenus si nombreux qu'ils étaient devenus encore plus beaux et hauts et majestueux que la montagne elle-même. On ne la voyait presque plus sous l'ombre de leur splendeur.

Alors, la montagne s'assombrit et gronda. Elle gronda :

— Allez-vous en nuages ! Vous n'êtes que de la mauvaise ombre ! Allez-vous-en avec votre mauvaise ombre !

Les nuages ne comprirent pas pourquoi la montagne se mettait tout à coup à gronder ainsi. Ils s'amassèrent encore plus nombreux autour de son sommet pour comprendre ce qui la mettait de mauvaise humeur.

— Allez-vous en mauvaises ombres ! grondait la montagne.

Tous les nuages de tous les horizons étaient bientôt amassés autour du sommet de la montagne. Ils écoutaient.

— Allez-vous-en ! grondait la montagne.

Alors, les nuages comprirent. Eux qui voulaient seulement être autour de la montagne pour l'admirer, qui n'avaient plus aucune autre raison d'être sinon admirer tous les jours la montagne, elle ne voulait plus d'eux. La montagne les chassait.

— Allez-vous en ! grondait-elle.

Ils n'avaient plus nulle part où aller, plus aucune montagne à admirer. Alors, à midi, le premier, le plus haut et blanc, le nuage sur la cime de la montagne craqua en un éclair, et de désespoir il se fendit en torrents de pluie. La cime de la montagne s'affaissa, et ses flancs se creusèrent, et aussitôt elle cessa de gronder, stupéfaite. Elle tâtait sa cime affaissée, et elle sentait les balafres dans ses flancs. Mais il était trop tard. L'un après l'autre, les nuages craquaient en éclairs, et de désespoir se fendaient en torrents de pluie qui lui affaissaient la cime et lui creusaient les flancs. Tout n'était plus qu'explosions, déchirures et éboulements, et on n'entendait même plus la montagne dans le fracas universel. On pense qu'elle implorait :

— Pitié mes nuages préférés ! Continuez seulement de me regarder ! Votre ombre m'est si douce !

Mais les nuages n'entendaient plus ce que leur disait la belle montagne. Ils étaient tout à leur désespoir et craquaient en éclairs, et se fendaient en torrents de pluie qui lui affaissaient la cime et lui creusaient les flancs.

Tout le jour les nuages craquèrent, et quand à la fin du jour le dernier nuage se fendit en torrents de pluie, le soleil disparut derrière les cris de la montagne, et celle-ci s'effondra sur elle-même.

Sa cime s'enfouit dans la terre, et ses flancs se démembrèrent aux horizons.

Le Premier Homme et son Premier Roman se retrouvaient donc tout à fait inhumés, par la faute du Premier Homme, bien sûr, parce que celui-ci n'avait jamais su admirer ni la montagne ni les nuages. S'il avait été un peu moins occupé à son Premier Roman et qu'il avait su admirer la montagne, celle-ci aurait peut-être réduit son orgueil à la poésie du Premier Homme et n'aurait jamais eu l'idée de gronder contre des nuages. Et, s'il avait su admirer les nuages, ceux-ci se seraient peut-être consolés de la mauvaise humeur de la montagne à leur encontre et n'auraient jamais fondu de désespoir.

S'il avait été plus dégourdi, le Premier Homme serait encore à s'occuper de son Premier Roman en toute sérénité sur la montagne. Mais c'était trop tard. La montagne s'était effondrée, et sa cime était enfouie dans la terre, et ses flancs démembrés aux horizons. La montagne n'était plus qu'amoncellements de pierres mouillées éparpillées entre les océans de pluie. Et le Premier Homme et son Premier Roman une énigme inhumée quelque part sous la terre.

Alors, les hommes surgirent des océans, et ils commencèrent à s'entretuer pour décider qui vivait sur la pierre dont l'odeur de lumière recouvrait le Premier Homme.

Voilà comment est né le Désert du Monde.

Et maintenant voilà le secret universel, la seule et unique rédemption pour le vivant : d'abord, tu i...

CHAPITRE VI
Le bouleversement décisif et fatal des bouteilles
ou Tania et le retour à la fuite

Une trombe hurlante éparpilla brutalement le Triste Sort de la Montagne Enfouie. Fol Amour, sur le point de pénétrer l'odeur pourpre impérial, hurlait dans ses larmes, et nous levions anxieusement les yeux sur Big Boss en train de s'enlever les mains de dessous les aisselles et, sans jamais cesser de fumer son cigare, lever les bras pour chavirer l'emplacement des bouteilles. Les odeurs de lumière commençaient déjà de frémir dans l'effleurement de son ombre, et nous étions tous bandés sur nos tabourets, prêts à nous jeter dans le chavirement, quand tout à coup la trappe au sol derrière Big Boss se dressa sur ses gonds. Un vent glacial cingla le comptoir et nous figea net, nous bandés sur nos tabourets, Big Boss effleurant les bouteilles. Alors de la trappe surgit Tania**** elle, cerf volant fou, elle tournoyait à toute vitesse dans le vent, fit deux loopings et se rua dans les bouteilles. Ce fut un terrible fracas. Les bouteilles s'abattirent les unes contre les autres, elles s'éventrèrent et volèrent en poussière d'éclats. Quand le fracas retomba, il ne restait plus une seule bouteille indemne le long du néon. Le long du néon, ce n'était plus que chaos d'éclats de bouteilles hérissés les uns sur les autres, et les lumières dégoulinaient en s'accouplant monstrueusement jusqu'au comptoir. L'odeur blanc projecteur n'existait plus. Nous demeurions pétrifiés d'épouvante dans les odeurs de lumières monstrueuses.

Le Psychologue Moustachu tenait son crayon en suspens dans l'odeur noyé plus d'encre.

L'Archéologue avait ravalé ses mots dans l'odeur insomnie tumeur.

Bantou Blond l'Anthropophage ouvrait grand la gueule comme un gazé dans l'odeur église matraque.

Fol Amour était tombée au pied de Big Boss qui écarquillait les yeux dans l'odeur famine impériale.

Et, imbibé d'odeur fin d'amour rail, je regardais Tania elle, peintre maudit se dessinant dans de nouvelles odeurs de lumières, tour à tour Tania dans l'odeur mousse gouleyante elle, éclosion de tulipe puis elle, pétales fanés se dispersant dans l'odeur écarlate Cléopâtre, alors Tania elle, Bouddha méditant qui murmure en souriant « L'immortel est éphémère » avant elle, évaporation de Bouddha et elle, réincarnation en chat noir se frottant dans l'odeur bonbon joie de vivre jusqu'à l'odeur insomnie tumeur où l'Archéologue pétrifié d'épouvante ravalait ses mots.

— Tu veux bien être l'homme dans ma vie alors ? soupira Tania avec un petit pli dans la voix en faisant des oui avec sa main sur la bosse au front de l'Archéologue.

L'Archéologue se ratatina encore sous sa bosse au front, alors Tania était elle, rasoir tranchant les moustaches rigolotes dessinées sur la bosse au front de l'Archéologue. Une fente spongieuse s'ouvrit mollement à la place des moustaches rigolotes, la bosse eut comme un rot ravalé, puis brusquement creva dans un bruit mouillé de déglutition. La bosse n'était maintenant plus qu'une peau flasque qui pendait sur le visage de l'Archéologue. Elle le recouvrait jusqu'au nez, et sur ce qui restait du visage de l'Archéologue s'allongeait un sourire très doux, le premier sourire réuni sur l'Archéologue. Alors, l'Archéologue soupira comme quand on a enfin fini par trouver, il bascula langoureusement de son tabouret et disparut dans le néant glacial.

Son tabouret était maintenant un tabouret indifférent et vide mais, assis sur les deux tabourets de derrière, deux hommes très grands, stoïques, avec des lunettes, des casquettes, des uniformes et des revolvers, deux polisseurs de l'ordre étaient en train de m'observer.

— C'est le moment d'aller réunir la rédemption au Triste Sort de la Montagne Enfouie, fit un murmure dans le creux de mon oreille.

— Je regardai autour de moi et Tania était elle, fumée montant du cigare de Big Boss et se dissipant dans un trou de la trappe au plafond. Big Boss eut un mouvement de panique en voyant la fumée au bout de son cigare éteint, il beugla :

— Mille Big Boss !

Et avala son cigare.

Je sautai derrière le comptoir, pris mon élan sur Fol Amour au pied de Big Boss et m'échappai dans le trou de la trappe au plafond.

— Mais où sont passées les moustaches rigolotes ? Définitivement perdues, les moustaches rigolotes ? murmurait le Psychologue Moustachu pendant que Bantou Blond l'Anthropophage lui dévorait les moustaches.

Quatrième Tania

La ville était pleine de pavés. Les yeux gigantesques de Tania cherchaient partout, et Tania trébuchait sur les pavés quand un des passants qui n'avait rien de l'homme dans sa vie la rattrapa. Le passant voulait qu'elle devienne sa femme professionnelle.

Avec des yeux si gigantesques, disait le passant, tous les passants vont avoir envie de passer du bon temps dedans. Tous les passants aiment les femmes aux yeux gigantesques, surtout quand elles sont professionnelles, et l'homme dans ta vie plus que n'importe quel passant au monde. L'homme dans ta vie viendra assurément te retrouver puisque, professionnellement parlant, c'est encore la meilleure manière de rencontrer l'amour.

Alors, Tania suivit le passant jusque dans l'ombre d'une chambre close.

Mac Caïn et la véritable vraisemblance

Je dis à Mac Caïn :

— Non, en vérité c'est un formidable bazar tout ça, il faudrait que j'écrive le Premier Roman tout en désordre pour lui donner quelque véritable vraisemblance. Pour être vraisemblable, il faudrait que ce soit le même chapitre qui se répète dans le désordre. Un seul et même chapitre, mais tout en désordre. Tu vois ? Un peu comme un film de guerre préféré, avec des scènes et des sons très marquants qui se répercutent et deviennent les scènes et les sons de notre propre vie, mais en désordre, les mêmes scènes et les mêmes sons qui se répètent dans le désordre de notre propre vie. Tu vois ?

Mac Caïn est en train d'avoir les larmes aux yeux à cause d'une mauvaise toux qui ne passe pas.

— Comme les pensées qui construisent le Premier Roman. Les pensées lasses de concentration qui se laissent docilement porter par le Premier Roman comme le ressac langoureux sur une longue page blanche. Elles sont toujours la même pensée, mais chaque fois que la même pensée s'allonge c'est dans le désordre, en sorte qu'elle devient des pensées dans la même pensée, tout en désordre, mais pas trop quand même, à cause que trop de désordre fait muter et que parfois on doit jeter un peu de froide conscience dessus, pour dompter et ne pas écrire le Premier Roman n'importe comment. Si on se laisse à divaguer sur n'importe quelles mutations de pensées on vivra toute sa vie comme une bulle noyée sous la glace. Il faut de la conscience, oui, mais aussi de la tolérance dans le laisser-aller. C'est un tel bazar tout ça... Voilà pourquoi le Premier Roman doit être un seul et même chapitre tout en désordre s'il veut aspirer à la véritable vraisemblance.

— Touss ! Touss ! Touss ! pleure Mac Caïn.

Un creux pour les cieux

⟷ ◦ ⟷

CHAPITRE VII

Les trous

Une motte de sable s'écrasa dans mon dos, mais je feignis l'ignorer et continuai de creuser comme si de rien n'était. C'était très fréquent passé une certaine profondeur, et, s'il fallait se hisser chaque fois pour s'assurer, on aurait vite fait de ne plus rien creuser du tout et laisser les mottes de sable reboucher corps et bien le trou Lourde Fatigue. Je me palpai rapidement le front sous le foulard et me dépêchai de me remettre à creuser dans les râles de pierres. La lumière s'était depuis longtemps évaporée du trou Lourde Fatigue, et, totalement livrés à eux-mêmes, les râles de pierres s'engageaient dans une densité critique. Elles râlaient sous la pioche et montaient de toutes parts en enflant les unes dans les autres, et elles ne cessaient d'enfler jusqu'à rouler dans le même hurlement, le hurlement glaçant et ininterrompu qui coagulait l'atmosphère.

L'atmosphère du trou Lourde Fatigue était maintenant presque coagulée à égalité avec l'atmosphère des autres trous, mais c'était justement le moment de redoubler de vigilance. Je posai la pioche et me palpai plus attentivement le front.

Même sans pioche les râles de pierres continuaient de s'étirer en hurlement glaçant et ininterrompu comme une dernière inspiration entre les anneaux d'un boa constrictor très affamé, et l'obscurité se coagulait en croûte épaisse et les mystérieux battements de la terre étouffaient sourdement à l'intérieur. Je serrai davantage mon foulard, repris la pioche et recommençai de creuser. Une autre motte de sable vint s'écraser dans mon dos. J'allais encore ignorer un peu pour finir d'égaliser le trou Lourde Fatigue avec les autres trous quand, tout à coup, une motte de sable plus lourde que les autres me plia les reins, je tombai en avant, et alors un acharnement de série de mottes commença de me recouvrir dans le trou. Je me redressai en catastrophe, tout entier dans la pioche creusant et creusant et creusant avec les mottes de sable s'écrasant furieusement dans mon dos, le hurlement de pierre prenait des proportions alarmantes, mais je creusais sans désemparer, et bientôt l'atmosphère fut coagulée autant que les autres. L'acharnement des mottes de sable s'était épuisé. Plus rien ne tombait reboucher le trou Lourde Fatigue.

Je me palpai vivement le front et me hâtai vers la surface.

Mac Caïn et la tristesse relative

— Tu sais, quand il fait ce grand soleil, comme quand on est gosse, alors j'ai envie d'écrire des chapitres débordants de ce soleil, comme un soleil d'avant, mais en aujourd'hui, en aujourd'hui ici. L'embêtant c'est que ça formulerait des chapitres de joie de vivre, et il n'y a rien de plus incommode à écrire que des chapitres de joie de vivre dans le Premier Roman. Le Premier Roman est nécessairement très triste, à cause des gosses impossibles et aussi de l'impossibilité de ne jamais rien être nulle part à part ce qu'on n'est pas quelque part.

— Je déteste le soleil, dit Mac Caïn.

CHAPITRE VIII
La coupe au lac

Le ciel s'étendait démesurément bleu et seul et déses-péré par-dessus les déserts sans ombre. Son soleil avait fondu dans les sables, et les sables engloutissaient les ombres avant qu'elles eussent pu se déployer nulle part. Un silence digéré s'exhalait comme des flatulences de spectres faméliques, et la gorge en cherchant l'air se serrait comme dans un nœud coulant en plomb fondu après la glaciale opacité des trous.

En contrebas, les dunes enfermaient un petit lac assez peu réaliste, mais très aigu et tranchant, si bien que je tachai de me concentrer le regard sur ma seule absence d'ombre pour m'en aller trouver le trou Faim dans la dune d'en face quand - parce que c'était tout de même un parcours et que les yeux comme les hommes se lassent sans douleur - je finis par baisser les yeux et aperçus Victor agenouillé avec sa scie sur le lac. Il était occupé à en couper un nouveau morceau, un morceau un peu plus grand que la dernière fois, pendant que sur la rive l'être jappant dévo-rait le sable. On distinguait très nettement la scie qui pénétrait le lac avec un gémissement d'écume dans la brise, mais comme il n'y avait aucune brise et rien que du silence digéré, Victor sciait silencieusement le lac entre les dunes. Je ramenai mon regard devant moi - les yeux comme les hommes ne souffrant pas la douleur - et passai mentalement en revue l'état de mes trous. Trou Désir, égalisé, à creuser. Trou Faim, égalisé, à creuser. Trou Lourde Fatigue, égalisé, à creuser. Trou Ma Claque, égalisé, à creuser. Trou Fierté, égalisé, à creuser. Et les deux autres trous dont je ne me souvenais jamais les noms, égalisés, à creuser.

Arrivé à hauteur de la dune au trou Faim, je baissai de nou-veau les yeux. Victor avait ficelé le morceau de lac et, les mains broyées dans la corde, le corps tendu en avant jusqu'à se tordre le nez dans le sable, il s'éloignait en trainant son fardeau par-dessus son épaule. Le morceau de lac bavait derrière comme une limace agonisante, et l'être jappant suivait en léchant ses traînées. Ils disparurent comme des absences d'ombre dans les sables.

Je relevai les yeux. Le trou Faim n'était plus trou Faim égalisé, à creuser. Il était de nouveau les déserts, et les sables et la dune. Il n'était plus aucun trou Faim. Les mottes de sable pendant mon absence l'avait rebouché. Je brandis la pioche et, machinalement, recommençai de creuser le trou Faim dans les râles de pierres.

CHAPITRE IX
Les mystérieux ensablements

C'était en effet un autre mystère que celui des ensablements.

D'abord, je marchais longtemps pour continuer de creuser mes trous. Il fallait monter et descendre puis remonter et redescendre les dunes, et je me dépêchais à cause du temps perdu rien qu'à marcher. Je me dépêchais le plus vite possible et pourtant, chaque fois, je retrouvais mes trous ensablés. Il ne restait plus rien que de la dune à creuser en trou égalisé avec les autres trous.

C'était un mystère impitoyablement régulier que celui des ensablements.

Alors, je recommençais de creuser, et je m'enfonçais sous la terre avec le trou, je creusais et je finissais par ne plus penser aux ensablements. Les râles de pierres hurlaient, l'atmosphère se coagulait, et le trou était presque égalisé avec les autres trous quand tout à coup une motte de sable venait s'écraser dans mon dos. Il fallait alors immédiatement opter pour une des deux options :

- Option première : continuer de creuser en feignant d'ignorer la motte de sable, ce qui était le plus raisonnable.

- Option deuxième : me hisser à toute vitesse hors du trou pour dévoiler le mystère des ensablements, ce qui était le plus tentant.

Les deux options avaient chacune leurs qualités et leurs défauts.

L'option première était effectivement la plus raisonnable, mais l'expérience veut que les ignorants aient toujours raison.

L'option deuxième était de loin la plus tentante, alors je me laissais souvent tenter et je jetais la pioche et me précipitais hors du trou.

Néanmoins, cette option avait aussi un défaut : son infaillible échec. Le trou était presque égalisé quand s'écrasait la première motte de sable, il n'y avait plus aucune lumière dans l'atmosphère coagulée et une distance verticale à parcourir beaucoup plus dramatique que celle du temps perdu à marcher dans les dunes. Le temps que je me précipite vers la surface était du temps perdu à ne pas creuser, et tout ce temps perdu était définitivement plus perdu quand, parvenu à enfin me hisser à la surface, je trouvais les déserts comme je les avais laissés : en sables, en dunes, sans ombre et sans brise, avec Victor très loin en bas qui découpait un morceau de lac un peu plus gros que le précédent en compagnie de l'être jappant la tête enfoncée dans les sables.

C'était un mystère qui rendait désespérément plus raisonnable. Alors, je continuais de creuser dans les mystères de la première option.

CHAPITRE X

Introduction aux hurlements de pierres

Parfois, quand les râles de pierres roulaient si fort qu'ils ne se distinguaient plus les uns des autres ; quand l'atmosphère coagulée ne pouvait plus abriter aucune lumière ; quand les battements de la terre s'étranglaient dans leur propre assourdissement ; quand je cessais de creuser pour me palper fébrilement le front, et que le foulard se déchirait à force de serrer plus fort, et que le hurlement continuait d'enfler glaçant et ininterrompu comme un cancer dans le silence aveugle du corps ; quand il n'y avait plus rien que le hurlement, insoutenable, de toutes parts...

Alors, la pioche me tombait des mains. Et je tombais à genoux. Le foulard se déchirait. Je me rentrais les mains dans la gorge.

Recroquevillé comme un mort-né dans le tréfonds des hurlements de pierres.

La compagnie des pierres

C'est qu'il n'y a apparemment plus le choix quand on tremble d'être trop seul. On se tourne sur son fardeau, on se penche prudemment et on interroge les pierres :

— Mes pierres, racontez-moi votre poids...

Et les pierres commencent de raconter leur poids. Elles sont plus lourdes, les pierres, quand elles racontent, et il y a un moment où l'on ne peut plus traîner le fardeau et on doit s'arrêter pour reprendre son souffle. On s'appuie contre le fardeau, et les pierres continuent de raconter leur poids. Elles sont nombreuses à raconter, les pierres, toujours plus nombreuses, et elles racontent toutes ensemble les unes sur les autres. Leur poids sous le corps devient insoutenable. On veut se dégager, mais on s'effondre sous le fardeau. Les pierres ne s'arrêtent pas de raconter, on ne peut plus supporter, elles sont de plus en plus lourdes et on se met à secouer le fardeau à bout de bras. On secoue et les pierres sont toujours plus nombreuses à raconter et elles s'entrechoquent lourdement, on secoue le fardeau de plus en plus lourd jusqu'à secouer les pierres de fond, les pierres les plus lourdes, elles nous racontent leur poids, et on ne peut plus résister, le fardeau nous écrase, on veut secouer encore, puis on renonce et on suffoque.

On s'est dit qu'on ne pouvait plus les porter encore. On a pensé que c'en était fini de nous et de nos pierres.

On gît assommé sous le fardeau de pierres.

Puis, un murmure. On tend l'oreille. C'est doux et ça caresse. Pas plus lourd qu'une bulle mouillée sur la langue. On écoute : ce sont les pierres qui nous ramènent à nous.

Alors, on se redresse, on serre le fardeau et on se remet à traîner. On le traîne et, tout en le traînant, on se penche prudemment et on interroge les pierres :

— Mes pierres, racontez-moi votre poids...

CHAPITRE XI
Encore la fuite. Le poids de Tania.

J'étais recroquevillé au fond du trou Ma Claque quand les mottes de sable ont commencé de pleuvoir. D'abord, je les ai confondues avec des râles de pierres dans le hurlement, plus lourds et puissants que le hurlement et apparus providentiellement pour le balayer à jamais. Ils étaient les râles de pierres libérateurs, et je m'étendais déjà sur le dos pour mieux les recevoir, quand je réalisai que je ne respirais plus. Les mottes de sable étaient en train de m'inhumer.

Je poussai de toutes mes forces et me redressai lentement, très péniblement, jusqu'à parvenir à me dégager la tête. J'essayai de pousser encore, en vain. Les mottes de sable me recouvraient jusqu'au cou et continuaient de s'écraser en tonnant sur mon crâne. Je ne pouvais plus me hisser nulle part. J'allais être ensablé dans mon trou.

Alors dans un monstrueux effort j'arrachai la pioche au sable, je la brandis à bout de bras et cognai comme un papillon aveugle droit devant moi. La paroi finit par s'ouvrir suffisamment pour me laisser glisser dedans, je me calfeutrai en serrant la pioche et, immédiatement, les mottes de sable rebouchèrent l'entrée de mon abri de fortune. J'écoutai leur fracas mat s'élever dans le trou, de plus en plus lointain, puis s'éteindre, négligemment, comme un dernier souffle. Les mottes de sable avaient fini de combler le trou. J'étais fini.

Je serrai plus fort la pioche contre moi, pour l'angoisse, mais en vérité il n'y avait pas d'angoisse du tout, bien au contraire : une grande et soudaine paix flottait comme un nuage de mousse fraîche autour de moi. J'écarquillai les yeux dans l'obscurité, cherchant à comprendre, et, tout à coup, je réalisai : le hurlement avait disparu. Il n'y avait plus aucun râle de pierres, plus aucun hurlement dans aucune atmosphère coagulée. J'étais seul, et léger, affranchi des pierres. Alors à mon oreille s'ouvrirent dans toute leur plénitude les battements de la terre. Ils battaient régulièrement, très ronds et précis, catégoriquement extrinsèques et distincts les uns des autres tout en s'enveloppant dans la même cadence hypnotique. J'aurais peut-être pu m'endormir là, serein et rassuré pour toujours, n'était la formidable exaltation qui se soulevait en moi. Je voyais le dernier voile du mystère flotter au bout de mes doigts, la fin de toutes les peines... J'embrassai la pioche et me mis à creuser comme un illuminé, arrachant la terre en hurlant de triomphe. La terre battait toujours plus ferme et entière à chaque coup de pioche, comme si je la débarrassais d'amas d'ossements morts et de peaux pourries qui lui encombraient la respiration et, soudain, la pioche pénétra quelque chose de creux, un rayon de lumière éblouit l'obscurité, il y eut un terrible craquement et je tombai en avant dans la lumière.

Les Nomades étaient pressés en assemblée autour de moi. Les croûtes sanguinolentes qui gorgeaient leurs orbites creuses me glissaient dessus, ils ne semblaient pas me voir, ou bien m'ignoraient, et ils continuaient d'osciller de droite et de gauche comme un cimetière aux pendules abandonnés pendant que les moignons noirs et boursouflés qui leur bavaient du bassin et des épaules s'abattaient en cadence contre la terre. Un grouillement de nerfs et d'artères palpitantes giclait en désordre de leurs chairs dévorées de lèpre, et des sinus crevés caillaient des stalactites verdâtres qui descendaient jusqu'à la terre crisser entre les battements.

Une motte de sable gigantesque s'écrasa dans mon dos et explosa en poussières de soleil qui illuminèrent toute la fosse. Je levai lentement les yeux. Dressée sur une montagne en fusion, Tania***** elle, Premier Homme piétinant le Premier Roman vomissait de gigantesques mottes de sable et baissait les yeux sur moi.

— Celui-là est l'homme dans ma vie, soupira Tania avec un petit pli dans la voix en faisant des oui avec son doigt dans ma direction.

Alors tout à coup un épouvantable bramement figea les battements dans la terre. Hérissés sur leurs moignons, les Nomades se traînaient vers moi en écumant de la gueule, certains s'arrachant les côtes et me les jetant comme des lances, d'autres se déchirant l'estomac pour m'asperger de bile noire.

J'abandonnai ma pioche et détalai à quatre pattes dans un boyau crevant la terre.

Cinquième Tania

Tania demeurait allongée dans la chambre pendant que passaient les passants. Il y en avait qui sentaient, d'autre qui ne sentaient rien, d'autres qui criaient, d'autres qui pleuraient, d'autres qui gardaient leurs chaussettes, d'autres qui bavardaient, d'autres qui aimaient leur femme, d'autres qui ne disaient rien, d'autres qui la reniflaient de partout en aboyant, d'autres qui n'y arrivaient pas, d'autres qu'y arrivaient tout de suite, d'autres qui avaient honte, d'autres qui revenaient sans cesse, d'autres qui souriaient d'un air entendu, d'autres qui éteignaient la lumière, d'autres qui allumaient des bougies, d'autres qui étaient gras, d'autres qui se coiffaient la barbe, d'autres qui fumaient une cigarette et d'autres qui se plongeaient la figure au fond de l'oreiller en se retenant longtemps de respirer.

Mais, avant de refermer la porte, tous regardaient toujours droit dans les yeux gigantesques de Tania.

Tania demeurant allongée dans la chambre close.

Pour elle, ils étaient tous les mêmes. Ils n'étaient toujours pas l'homme dans sa vie.

CHAPITRE XII
Victor ou le maître des éléments

Victor voulait faire pousser son arbre. Pour lui toute la question était là. Il était tout à fait biscornu de s'étendre là-dessus ou nulle part où son arbre ne poussait pas.

— Il faut pourtant bien qu'il pousse, répétait Victor.

C'était une réalité indiscutable. Alors, Victor jetait la corde sur son épaule, coinçait la scie dans sa ceinture et, suivi de l'être jappant dévorant le sable, il s'en allait ramener un autre morceau de lac pour faire pousser son arbre.

Pourtant, et malgré tous les efforts de Victor, son arbre ne poussait pas. Victor revenait avec un autre morceau de lac, et son arbre n'avait toujours pas poussé. C'était une autre réalité indiscutable, en vérité prisonnière d'une autre réalité encore plus terriblement indiscutable : son arbre n'avait encore jamais existé, parce que les morceaux de lac ne faisaient rien que se volatiliser les uns après les autres avant que l'arbre pût éclore. Victor accommodait le morceau de lac sur son arbre à pousser, puis il jetait la corde sur son épaule, coinçait la scie dans sa ceinture et, suivi de l'être jappant dévorant le sable, il s'en allait aussitôt ramener un autre morceau de lac. Mais, quand il était de retour, le morceau de lac sur son arbre à pousser s'était volatilisé. Il n'y avait plus rien que du sable brûlant comme des soupirs de soleils dans des anciens trous aux noms insensés. Plus aucun espoir d'arbre poussant. Alors Victor lâchait le morceau de lac qu'il avait trainé jusqu'ici et se figeait dans les déserts. Il regardait le désespoir à ses pieds, ses yeux perpétuellement noyés s'échancraient dans leurs rides comme pour s'y égoutter, sécher et disparaître tout à fait, mais il les remettait bien vite en place d'un charbonneux froncement de sourcils et, levant la main jusqu'à son visage en cloques, il se grattait gravement le sable incrusté dans sa moustache avec ce qui lui restait d'ongle au petit doigt.

— Il faut pourtant bien qu'il pousse, disait-il.

Sur quoi il se retournait pour soulever le morceau de lac qu'il venait de ramener, il le déposait devant lui, s'agenouillait et l'accommodait méticuleusement sur son arbre à pousser. Puis, quand il l'eut bien accommodé, il jetait la corde sur son épaule, coinçait la scie dans sa ceinture et, suivi de l'être jappant dévorant le sable, il s'en allait ramener un autre morceau de lac, un plus grand morceau de lac pour faire pousser son arbre.

Parce qu'il y avait une dernière réalité indiscutable que même Victor ne pouvait ignorer. Il s'agissait du rapport entre la coupe au lac, son recul graduel, la distance supplémentaire à parcourir jusqu'à l'arbre à pousser avec le morceau de lac et les pertes en traînées subies par ce dernier.

En effet, chaque fois que Victor coupait un morceau de lac, le lac se rabougrissait davantage entre les dunes. Il reculait un peu plus en arrière, et Victor devait marcher plus loin pour lui couper un autre morceau, puis traîner sur une plus grande distance de sables le morceau de lac qu'il venait de couper. Or, chaque grain de sable arrachait une traînée effroyable au morceau de lac, en sorte que seulement deux grains de sable supplémentaires sur le parcours signifiaient deux traînées effroyables en plus dans le gosier de la créature jappant, mais deux traînées effroyables en moins dans le morceau de lac. Le morceau de lac était donc condamné à parvenir de plus en plus réduit à l'arbre à pousser.

Mais Victor ne pouvait pas ignorer cette réalité indiscutable, et en vérité il l'ignorait si peu qu'il avait découvert le moyen de la domestiquer. C'était une solution aussi indiscutable que sa réalité : plus il y aurait de grains de sable sur lesquels traîner les morceaux de lac, plus Victor trainerait de plus gros morceaux de lac.

Aussi, d'heure en heure, jour après jour, Victor revenait en trainant de plus gros morceaux de lac. Il était toujours plus tendu en avant, les mains toujours plus broyées, son nez se tordait dans le sable jusqu'à se retourner dans ses narines, ses pieds nus colossaux ressemblaient à des sabots d'âne bouillis... Mais, pourtant, quand il atteignait finalement son arbre à pousser, les morceaux de lac qu'il trainait derrière lui avaient exactement la même dimension : chacun d'eux remplissait tout juste les trois quarts d'un petit seau d'eau.

Et, à la place de l'arbre à pousser, ne demeurait plus que du sable sans espoir.

CHAPITRE XIII

La petite famille au repos

ou

La nuit fait la paix comme le cauchemar des hommes

La petite famille se reposait à la grotte. Tout au fond, agenouillé dans une fissure noire, je regardais la lune refléter leur repos. Elle était si grasse et laiteuse sur le crâne hydrocéphale de l'être jappant que l'être jappant n'était plus que le crâne, démesuré et informe, sans relief, sans orifices, seulement deux petits boutons métalliques enfoncés l'un à côté de l'autre comme deux couteaux dans un foie et qui lui servaient d'yeux. Il gisait sur les jambes de Victor, et sa langue grumelée d'écailles glissait et se déroulait avidement entre les doigts de pied de ce dernier, arrachant les croûtes de sable et pénétrant les plaies brûlées. Victor gémissait douloureusement, mais sous les rides un sourire très doux et chatouillant de confiance enfantine lui berçait le visage, comme si l'arbre prenait racine dans son sommeil.

Une furieuse broussaille de cheveux lui surmontait la carotide, et c'était la seule chose que la lune pouvait refléter de Yolanda. Aplatie sur ses os à l'ombre de Victor, elle murmurait d'une voix écorchée de Kère au labeur des incantations bouillonnantes qui ravalaient les soupirs et les cris de la nuit.

Et moi, agenouillé dans une fissure du fond de la grotte, toute la nuit je regardais briller la paix et le cauchemar dans le repos des hommes.

CHAPITRE XIV
L'ange déchu ou le tango impossible

Pendant que Victor s'en allait ramener un autre morceau de lac suivi de l'être jappant dévorant le sable, Yolanda sortait de la grotte pour préparer des potions fortifiantes à Victor. Elle puisait une casserole d'eau au morceau de lac sur l'arbre à pousser, la disposait sur une petite table devant la grotte et commençait de disposer des pierres dedans en maudissant les sorciers et les Nomades.

— Je les maudis ! Les sorciers ! les Nomades ! tous les mêmes ! Les sorciers sont les Nomades, les Nomades sont les sorciers ! Malédiction ! Ah alors c'est comme ça ? Voilà pour vous !

Elle ramasse une poignée de pierres brûlantes et la jette violemment dans la casserole. Elle tend le poing vers la casserole.

— Une potion maudite pour les sorciers et les Nomades ! Ah ! On vous aura prévenus ! Le maudissant sera maudit à son tour ! Première loi ! Occupez-vous donc d'apprendre vos lois avant de maudire les pauvres vieilles innocentes maudissantes dans leurs grottes ! Maudire ! Vous n'avez que ce mot à la bouche ! Et vous en voulez encore ? Voilà pour vous !

Elle ramasse une poignée de pierres brûlantes et la jette violemment dans la casserole.

— Mille fois maudites ! Ah !

Elle pose les mains à plat sur la table et fixe la casserole en roulant des yeux déments.

— Maudits ! Vous avez gâché la potion fortifiante pour mon homme ! Avalez-moi ça, maudits !

Elle chavire la potion maudite dans le sable, puis retourne puiser une casserole d'eau au morceau de lac sur l'arbre à pousser. Elle revient à la table et recommence de disposer des pierres dans la casserole pour préparer une potion fortifiante.

— Une potion fortifiante pour mon homme ! Après ce que vous avez fait à mon pauvre bébé ! Ah, alors ce n'est pas suffisant d'avoir fait mon bébé laid, crasseux et abruti ? Vous en avez encore fait un monstre dégénéré, une vermine puante, et mon homme un bourrin incapable ! Maudits !

Elle ramasse une poignée de pierres brûlantes et la jette violemment dans la casserole.

— Voilà pour vous ! Ah !

Elle pose les mains à plat sur la table et fixe la casserole en roulant des yeux déments.

— Vous avez encore gâché la potion fortifiante pour mon homme ! Maudits !

Elle chavire la potion maudite dans le sable, puis retourne puiser une casserole d'eau au morceau de lac sur l'arbre à pousser. Elle revient à la table et recommence de disposer des pierres dans la casserole pour préparer une potion fortifiante.

— Il en a bien besoin, oui, mon homme ! Exilés ici, comme des maudits ! Exilée ici avec deux maudits ! Maudite de moi avec deux exilés ! Exilés dans notre propre royaume ! Maudits ! Dix milliards de fois maudite !

Elle ramasse une poignée de pierres brûlantes et la jette violemment dans la casserole.

Alors apparut Victor traînant un autre morceau de lac, les mains broyées dans la corde, le corps tendu en avant et le nez tordu dans le sable. Le morceau de lac bavait dans les sables, et l'être jappant suivait en léchant goulument les traînées. Ils s'arrêtèrent devant l'arbre à pousser. Le morceau de lac qu'il avait accommodé n'était plus là. Il s'était volatilisé avec l'espoir d'arbre poussant. Alors, Victor lâcha le morceau de lac qu'il avait traîné jusqu'ici et se figea dans les déserts.

Il regarda le désespoir à ses pieds, ses yeux perpétuellement noyés s'échancrèrent dans leurs rides comme pour s'y égoutter, sécher et disparaître tout à fait, mais il les remit bien vite en place d'un charbonneux froncement de sourcils et, levant la main jusqu'à son visage en cloques, il se gratta gravement le sable incrusté dans sa moustache avec ce qui lui restait d'ongle au petit doigt.

— Il faut pourtant bien qu'il pousse, dit-il.

— Abruti ! hurla Yolanda. Tu ne vois donc pas qu'il n'y a plus d'eau ?! Tout ça, c'est encore ta faute ! Si tu ne passais pas ton temps à le perdre, il y aurait encore de l'eau ! C'est ça, agenouille-toi, accommode méticuleusement sur ton arbre à pousser ce ridicule morceau de lac ! Tu ne comprends pas que tu te fatigues pour rien ! Mais laisse, tu es fatigué, mon homme. Maintenant je vais te donner de la potion fortifiante que je t'ai préparée.

Elle allait lever la casserole, mais elle interrompit soudain son geste, posa un regard sévère dessus et les mains à plat sur la table.

— Attends un peu... Vous m'avez tous embrouillée... Serait-ce là de la potion fortifiante ou de la potion maudite ? Je ne me rappelle plus. Voyons voir.

Elle se pencha, renifla longuement la casserole et se redressa.

— Aucune importance ! De toute manière, tu es déjà maudit, nous sommes tous maudits... Ça ne peut pas te faire de mal. Allons, bois !

Mais tandis qu'elle tendait la casserole de potion ambiguë à Victor, l'être jappant - qui jusque-là s'était contenté d'assister à l'accommodation du morceau de lac en se tortillant sagement la langue sur le crâne - se catapulta soudain sur ses petites jambes rondelettes, brandit ses minuscules mains roses en avant et arracha au vol la casserole des mains de Yolanda. Yolanda n'avait pas encore eu le temps de réfléchir à ce qui était arrivé à la casserole que l'être jappant l'avait déjà ingérée avec ses pierres et sa potion. De délice il se tortillait la langue dans les yeux, en sorte qu'il ne vit pas comment le pied de Yolanda lui enfonça la moitié du crâne, puis la seconde moitié, puis tout le corps jusqu'à lui faire cracher la langue et éclater les yeux. Yolanda cogna longtemps, et, quand elle s'arrêta pour reprendre son souffle, elle se rendit brusquement compte que l'être jappant ne respirait plus. Un hurlement monta dans le ciel indifférent.

— Mon bébé !

Victor la regardait faire pendant qu'elle s'empressait de jeter des poignées et des poignées de pierres dans son morceau de lac récemment accommodé sur l'arbre à pousser, puis saisir les restes de l'être jappant et les plonger dedans.

— Potion revitalisante qui revitalise mon bébé ! Potion revitalisante qui revitalise mon bébé ! psalmodiait-elle.

La potion revitalisante baissait rapidement de niveau sur l'arbre à pousser, et bientôt il ne resta plus que les pierres sous l'être jappant revitalisé qui rotait d'aise. Il avait le crâne encore plus démesuré et informe, avec de-ci de-là des renfoncements violets encore frémissants, et des filets d'eau pressurisés fuyaient par ses yeux. Mais il était déjà à rattraper Victor qui s'en allait ramener un autre morceau de lac, corde à l'épaule, scie à la ceinture, et l'être jappant se remit à dévorer le sable derrière lui, et ils s'éloignaient tous les deux comme deux sphinx piétinant un tango impossible.

CHAPITRE XV
Le douloureux arrachement

Les jours et les nuits gisaient dans les déserts comme un cimetière d'ancres noyées, les sables digérant de toutes parts l'horizon et l'horizon vomissant de toutes parts les sables : et nous nous laissions lentement ensevelir, quand tout à coup un jour se souleva d'entre les autres jours, il brisa ses chaînes et emporta la petite famille.

Ce fut le dernier jour des déserts.

D'abord, aucun présage ne vint troubler le néant bleu et désespéré du ciel quand Victor jeta la corde sur son épaule, coinça la scie dans sa ceinture et s'éloigna pour la dernière fois dans les déserts suivi de l'être jappant dévorant les sables. Aucun présage dans les potions que préparait Yolanda en maudissant les sorciers et les Nomades, et, quand Victor et l'être jappant reparurent en haut de la dune, le morceau de lac sur l'arbre à pousser s'était comme d'habitude volatilisé. Rien ne semblait indiquer que l'habitude était d'ores et déjà décapitée, si ce n'est que Victor ne reparut justement pas à son habitude.

Il était droit comme une pierre qui tombe, son nez enfoncé entre les yeux, les yeux épouvantablement éteints dans leurs rides. Les rides lui craquaient sur tout le visage et creusaient jusque dans la moustache, balafre béante par-dessus les lèvres pétrifiées. Son dernier ongle au petit doigt était tombé, et il demeurait figé devant l'arbre à pousser. La corde à l'épaule. La scie dans la ceinture. Prostré à ses pieds, l'être jappant hurlait à la mort. Victor ne bougeait plus. Derrière lui, il ne traînait aucun morceau de lac.

— La malédiction touche à sa fin ! hurlait Yolanda en brandissant la casserole au ciel. Voici venu l'anéantissement final ! Le rédempteur a échoué, il est un lamentable incapable et une mascarade de rédempteur ! Maintenant les sorciers et les Nomades vont jaillir des sables, les déserts vont s'enfoncer dans leurs entrailles, se digérer dans les flammes purificatrices de l'enfer, la chute est inévitable, nous sommes tous maudits, la malédiction touche à sa fin, le jugement, le jugement, le jugement !

La casserole lui tomba des mains et, avant qu'elle eût touché le sol, l'être jappant s'était déployé sur ses petites jambes, s'était jeté sur l'arbre à pousser et y creusait frénétiquement de la langue, du crâne et des mains, s'écorchant et buvant son propre sang sur l'arbre à pousser. Alors, Victor s'ébranla enfin et, s'avançant sur l'être jappant, comme absent, très imperturbable, il le roua de coups. Les coups enfonçaient le crâne, les côtes, les membres s'arrachaient les uns des autres, les tripes explosaient dans la bouche, et Victor continuait de le battre sans y prêter plus d'attention qu'aux pierres que lui lançait Yolanda en hurlant des malédictions.

— Maudit ! hurlait-elle. Laisse mon bébé tranquille ! Tout est de ta faute ! Bourrin incapable ! Ta malédiction de malheur ! Laisse mon bébé tranquille !

Victor, indifférent aux hurlements et aux pierres qui lui rebondissaient dessus, cessa seulement de battre quand un dernier coup de pied envoya voler loin des épaules le crâne de l'être jappant. Alors, il se retourna et, très calmement, il disparut dans la grotte.

— Mon bébé ! Mon bébé !

Yolanda réunissait les morceaux de l'être jappant éparpillés puis, quand elle les eût tous recueillis entre ses bras, elle s'enfuit en hurlant dans les déserts.

Victor n'était plus dans la grotte. J'avais monté et descendu les dunes, et elles n'enfermaient plus aucun lac, et à sa place il n'y avait aucun trou, aucune ombre, aucun souvenir de lac : seulement d'autres dunes enfermées les unes dans les autres, à l'infini. Sur l'une d'elles, ni plus haute, ni plus basse, sur le sommet d'une dune terriblement équivalente à toutes les autres dunes était dressé Victor. Il était dressé à l'envers, les pieds en l'air, la tête en bas, et la corde était nouée d'un bout à ses pieds, de l'autre à son cou. Tout Victor était parfaitement équilibré, parfaitement immobile, parfaitement réuni. Ses doigts de pied projetaient des ombres fraîches et soyeuses dans ses yeux exorbités. Le ciel était bleu, sans orage, sans arc en ciel. Seul, un silence honteusement complice bruissait dans les déserts.

Mac Caïn et le premier roman sans précédent

Mac Caïn essaie de faire des ricochets à la surface de l'eau.

— On est comme qui dirait forcé de se demander ce qui arrive quand le Premier Roman remporte un triomphe sans précédent. Je veux dire, les gens vont jusqu'à la librairie pour l'acheter, ils se creusent la tête pour le lire, ils en parlent dans leur soirée, et même ils se disputent parfois sur les points sensibles. Dans les colonnes littéraires, c'est la stupéfaction. Tous les spécialistes s'objectent leur analyse respective :

« J'objecte qu'il s'agit d'une prophétie cinéphile. »

« Objection ! C'est une romance géologique. »

« Objection ! C'est un pamphlet hydrologique »

« Objection ! C'est un bréviaire philanthropique »

« Objection ! C'est un mythe mystique »

« Objection ! C'est un bestiaire d'urbanisme »

« Objection ! C'est une mélodie anthropologique »

« Objection ! C'est une étude à l'eau de rose »

« Objection ! C'est un poème far-west »

« Objection ! C'est un essai de sorcellerie »

« Objection ! C'est une tragédie gastronomique »

« Objection ! C'est une comédie mathématique »

« Objection ! C'est un drame historiographique »

« Objection ! C'est une genèse policière »

« Objection ! C'est un conte en suspens »

Alors les admirateurs partent à la recherche de l'auteur du Premier Roman et, après l'avoir retrouvé égaré au fin fond du monde, ils le ramènent avec eux dans les cérémonies officielles. Là, l'auteur doit parler, et comme il ne sait pas trop quoi dire à cause de tous les gens, tous les gens applaudissent sans qu'il ait besoin de rien dire. Ils crient les expressions spécialement adaptées au Premier Roman :

— Crépierre ! Corpierre ! Nom de pierre ! Vertupierre ! Ventrepierre ! Par pierre ! Foi de pierre ! Sainte pierre ! D'une pierre deux pierres ! Je m'appelle Pierre ! Je t'empierre ! Empierre-moi ! Vive la pierre !

Ensuite tout le monde lève son verre de cocktail chic à la robuste santé de l'auteur et des types strabiques l'entraînent dans une autre pièce très enfumée où on met les Grands Artistes. Les Grands Artistes sont en train de se caresser la barbe en s'expliquant tous en même temps comment ils ont écrit le Premier Roman en six jours et six nuits sans l'aide de personne, et quand ils parlent ils hochent la tête d'un air de génie entendu qui pourrait aussi bien écrire tous les Premiers Romans que ça lui chante si les Grands Artistes n'étaient pas soumis à la loi universelle d'un seul et même Premier Roman par Grand Artiste.

— Mac Caïn lance ses galets plus fort, mais les ricochets ne fonctionnent toujours pas comme il veut. Je dis à Mac Caïn :

— C'est une dure loi, et je pense qu'on se fait beaucoup d'idées sur la prétendue belle vie des Grands Artistes. De toute manière, si j'écris tout ça dans le Premier Roman et que le Premier Roman remporte vraiment un succès sans précédent, on me traitera d'imposteur et de vieux singe, alors pour l'heure je préfère encore m'imaginer le Premier Roman comme un souvenir glorieux : c'est beaucoup plus sûr et immortel, un souvenir, et comme c'est personnel on peut bien en faire ce qu'on veut. Parce que finalement ça m'embête de m'imaginer le Premier Roman comme un grand doute. Je préfère me l'imaginer comme un souvenir glorieux, où tous les jours du Premier Roman étaient fêtes et joie et abondance. Je veux me souvenir du Premier Roman comme ça. Écrire le Premier Roman dans les larmes et la douleur ne me dit rien qui vaille, parce qu'il me semble que les belles choses doivent être construites dans la beauté... à moins que ce soit totalement l'inverse... Mince, c'est bien possible, totalement l'inverse... Et je me retrouve encore salement embrouillé... Je me suis encore salement embrouillé Mac Caïn ?

Mac Caïn attrape une pleine poignée de galets et la jette de toutes ses forces au fond de l'eau.

— Putain de ricochets ! hurle Mac Caïn.

TROISIÈME PARTIE

SECTION PREMIERE

Le Jardin des délices

———— ◦ ————

La légèreté des pierres

Ah ! mais les pierres ne sont peut-être pas que du poids ! Et du poids mort encore, pendant qu'elles portent mes pas et sèment les saisons dans ma vie ? Mais alors que me reste-t-il si on m'arrache mes pierres ? Qui suis-je si elles ne sont là que pour me broyer ? Je dis : mes pierres sont mon unique beauté. Je me pare de mes plus belles pierres, ce sont mes pierres et elles sont toutes plus belles parce qu'elles sont miennes. Alors, nous portons nos pierres et nous sommes fiers de les exhiber sur nos vies. Et la fierté, c'est encore un peu de légèreté.

CHAPITRE I

Les pétales de fleurs dans le Jardin

*T*out était scintillant ici, à cause de la pluie et les épines de ronces. La pluie s'égouttait de l'impénétrable Dôme de ronces qui enfermait le Jardin, elle étirait de longues flammes blanches qui venaient délicatement se poser sur le tapis de ronces et se pelotonner en perles blanches qui glissaient en scintillant sur la pointe des épines.

La peau devenait très délicate à force d'être déchirée aux pieds et aux mains et aux fesses et aux épaules et au cou et au front et partout où elle enveloppait le corps, et les épines à force de déchirer chatouillaient comme des flocons de plumes après une épuisante bataille de polochons dans la chambre secrète des grands-parents.

Au milieu du Jardin il y avait un petit lac enveloppé de clôtures. En s'approchant, l'eau devenait de plus en pure, si pure qu'on approchait irrésistiblement, et quand on se retrouvait pressé contre les clôtures on trouvait beau notre reflet dans la pureté du lac. C'est pour ça qu'on avait pris soin de hérisser des barbelés sur la clôture, et des milliers de crânes d'imprudents blanchissaient paisiblement entre les clous rouillés.

Alentour, des animaux de toutes sortes se pressaient contre les enceintes de ronces. Les plus pacifiques tâchaient de s'y blottir entièrement, mais ils ne pouvaient jamais s'y fourrer plus avant que la moitié du cou, ils étaient coincés et les plus affamés se chargeaient de leur dévorer généreusement ce qui dépassait.

Il n'y avait pas de ciel, aucun arbre, pas la moindre colline. Sous le Dôme ne se dressait qu'un gigantesque escalier qui s'élevait en spirale de ronces. Il occupait tout le fond du Jardin, et il s'enroulait sur lui-même et s'élevait toujours plus enroulé et gigantesque jusqu'à se perdre dans l'impénétrabilité du Dôme. Des pétales de fleurs étaient poinçonnés sur les épines à l'entrée du gigantesque escalier. Ils étaient poinçonnés les uns contre les autres, et chaque pétale était poinçonné de façon à disposer une lettre. Le pétale de Syringa Vulgaris disposait F, le pétale d'Hibiscus disposait e, le pétale de Tulipa disposait r, le pétale d'Orchidaceae disposait a, le pétale de Dahlia Imperialis disposait s, le pétale de Helianthus Annous disposait c, le pétale de Bégonia disposait e, le pétale de Rosacea disposait q, le pétale de Teraxacum disposait u, le pétale de Lilium disposait e, le pétale de Viola Tricolor disposait t, le pétale de Bougainvillea Spectabilis disposait u, le pétale de Papaver Somniferum disposait f, le pétale de Foetidissima disposait a, le pétale de Nymphéa disposait i, le pétale de Passiflora Edulis disposait s et le pétale d'Iris disposait !

Les pétales réunis disposaient Feras ce que tu fais ! sur les épines à l'entrée du gigantesque escalier, et, sous la réunion des pétales, l'Ex toute nue était occupée à lâcher des ballons blancs.

CHAPITRE II
Les ballons blancs dans l'escalier

L'Ex voulait aller trouver les nuages et danser avec eux. Elle s'accrochait à ses ballons blancs, et elle disait :

— La terre sans le ciel n'existe pas. Le ciel sans les nuages n'existe pas. Il faut monter trouver les nuages et danser avec eux, disait-elle de sa voix d'écailles vives qui sautent sous la lame.

Elle était une rebelle avant-gardiste des disciples fleuristes et, depuis son Ex Lui, elle couvait une haine définitive à l'encontre les fleurs. Il ne passait pas une seconde sans que sa haine définitive ne crût, mais jamais elle ne l'évoquait ni ne la manifestait autrement qu'en ne l'évoquant ou ne la manifestant jamais. Elle demeurait impassible, absente, mystérieuse comme un prophète en mal d'illumination. Personne n'aurait pu soupçonner qu'elle haït les fleurs toujours plus définitivement. Cette haine, elle devait la dissimuler tout au fond de son corps.

L'Ex voulait aller trouver les nuages, et elle s'élevait lentement avec ses ballons blancs dans l'escalier et son pubis était une horde sauvage qui se ruait en avant et assiégeait les seins, festoyait abondamment dans le cou, harcelaient la langue pour se séparer en deux bandes rivales qui s'en allaient piétiner profondément les oreilles puis déferler sur les joues jusqu'à pénétrer chacune dans un trou de nez où elles bataillaient durement et battaient retraite chacune par l'autre trou de nez, elles retournaient piétiner les oreilles un peu plus profondément et finissaient par s'écraser furieusement l'une contre l'autre entre les deux yeux rivés sur les ballons blancs qui approchaient dangereusement les épines de la première spirale de l'escalier. En relief, un front en pointe de menton, un nez comme un éclat d'os sur le trottoir, des lèvres barbelées sur les dents et un menton en glissement de front. Mais on n'avait pas le loisir de s'arrêter sur ces détails. En vérité, on ne les remarquait même pas. Les ballons crevaient contre les épines de la première spirale et l'Ex me tombait dans les bras et son regard l'habillait comme une robe pudique qui n'ose pas dire qu'une aiguille oubliée lui pique l'ourlet et qu'il faudrait tout de suite plonger à sa recherche et l'arracher pour la soulager enfin. Elle se dégagea sévèrement.

— Les ballons blancs ne montent pas. Les ballons blancs crèvent dans les ronces. Il faut laisser les ballons blancs crevant dans les ronces, dit l'Ex de sa voix d'écailles vives qui sautent sous la lame. Il faut monter trouver les nuages et danser avec eux.

Et l'Ex commença de gravir la première spirale de l'escalier gigantesque.

Mac Caïn et les fesses sales

Mac Caïn est en train de faire des bruits étonnants au travers la porte des cabinets.

Je crie à Mac Caïn :

— J'ai comme le pressentiment que le Premier Roman est assailli de personnages de passage dans leur propre existence. Je veux dire, des personnages qui font comme si tout était devant eux alors qu'ils en ont plus que personne derrière. Pour la bonne figuration, je dirais que c'est un peu comme quand on est très concentré à écrire le Premier Roman. On est assis à se concentrer sur le Premier Roman, et tout à coup un impérieux appel surgit de l'orée du trou des fesses. Alors, on bondit de sa chaise à Premier Roman pour atteindre à toute vitesse les cabinets, et même si on sait qu'il est déjà bien trop tard, on continue de courir à toute vitesse pour atteindre la porte des cabinets. C'est intelligible dit comme ça ?

— Prout, fait Mac Caïn au travers la porte des cabinets.

CHAPITRE III
Le sage très allongé, la douceur métaphorique
et la fin du petit-déjeuner

Nous gravissions la première spirale quand un homme nu se retrouva tout à coup allongé au milieu de notre ascension.

C'était un homme nu très allongé, aux paupières doucement closes, la peau comme une neige éternelle sous sa barbe en grains de beauté, et ses bras et ses jambes s'étiraient à ses côtés avec tant d'insouciance qu'ils obstruaient toute la spirale. L'homme était si allongé qu'il aurait pu être simplement mort si, en l'enjambant, une douillette chaleur ne nous remontait pas l'entre-cuisse jusqu'au regard. Entre nos jambes, l'homme respirait en gémissant de contentement, et, en se penchant pour mieux voir, se profilait peu à peu le mouvement délicat de sa nuque chauve qui se grattait d'aise dans les ronces. Les paupières définitive-ment closes, l'homme très allongé sourit, et sa bouche se mit à parler au travers la barbe en grains de beauté comme si elle siro-tait du thé bien chaud au petit-déjeuner.

La bouche, bruissant d'entre la barbe en grains de beauté
comme une émission radio parcourant le petit-déjeuner

Tu gravis maintenant l'origine finale au commencement abouti, parce que tu auras remarqué qu'ici même les choses les plus regrettables s'adoucissent en métaphores bien senties. Tu rencontreras par exemple le nu qui se conchie, il y en a plein ses Syringa Vulgaris : mais en se concentrant doucement, c'est un peu comme si on se léchait les babines devant la confiture de myrtilles du jardin gratinée aux morceaux fondants qui dore aimablement sur de belles bûches de chêne ronflant au fond de la cheminée, tout naturellement. Je ne peux malheureusement pas en dire plus, mais il n'y a ici aucune distorsion sans douceur entre la fleur d'un chacun et la fleur d'un autre chacun parce qu'elles sont celles de tous et qu'un chacun selon sa fleur. Ici, cha-cun vénère sa fleur collectivement, libre sous sa fleur, heureux pour sa fleur, amoureux en sa fleur, seul à sa fleur et solidaire sur sa fleur, pour l'éternité. C'est notre foi qui veut ça, Feras ce que tu fais, une bien douce foi, très fleurie. Parce qu'ici les fleurs sont si douces qu'enrobées en soyeuses bandes adhésives elles ne fanent jamais, et l'entraide est éternelle, réciproque, illimitée et individualiste. Je ne peux pas en dire plus, le nu ronflant dans les Iris parce qu'ils lui rappellent comme il n'a jamais été nulle part chez lui ne pouvant bien sûr ne jamais avoir été nulle part chez lui sans les Nymphéas sur lesquels l'autre nu pose sa joue parce qu'ils lui rappellent l'odeur des draps chauds quand on est en train de les repasser et qu'il n'a jamais été en train de repasser, tout naturellement. D'ailleurs et en douceur, le nu sans fleur corrobore en ton absence. Gravis jusqu'à lui l'origine finale au commencement abouti !

La bouche cessa de bruire d'entre la barbe en grains de beauté comme une autre journée inexorable qui commence, le sage très allongé souleva lentement les bras et les jambes et, quand il les eût immobilisés parfaitement verticaux au-dessus de lui, l'ascension était libérée et une silhouette balançait la tête en notre absence sur le palier de la première spirale.

CHAPITRE IV

Fleur pour tous, tous en fleur

Sa tête allait et venait comme une langue de loup assoiffé dans une moelle d'omoplates, mais, farouchement immobiles au cœur du balancement, les yeux exorbités sans paupières demeuraient braqués en eux-mêmes. Le nu sans fleur n'avait pas une seconde pour relever notre présence à ses côtés. Il était obstinément affairé à graviter autour de ses yeux pendant que, derrière lui, les ronces s'élevaient en tornades d'épines et engorgeaient tout le palier à la première spirale jusqu'à l'inscription en pétales

Fleur pour tous, tous en fleurs.

Il n'y avait plus nulle part où aller.

— Il faut pourtant monter trouver les nuages, dit l'Ex de sa voix d'écailles vives qui sautent sous la lame. Il faut monter danser avec les nuages.

Et elle se mit à danser de tout son nu, remplaçant son corps presque absent par un corps très lourd et volumineux qui foulait brutalement les ronces et arrachait les épines des pieds et des mains. Le nu sans fleur bascula aussitôt du côté de l'Ex, et au travers ses yeux il articula :

— Alors où tu le Lui as laissé dans des libres de fleur ?

L'articulation du nu sans fleur s'infiltra dans la danse de l'Ex, et la danse de l'Ex commença de ralentir, et à mesure que la danse ralentissait le corps de l'Ex s'allégeait, les pieds foulaient moins brutalement les ronces, les mains se relevaient le long des cuisses, et l'Ex était de nouveau rigide et impénétrable dans son corps presque absent. Elle ferma les yeux, ses lèvres se retroussèrent sur de minuscules dents grises épouvantablement exiguës, et elle se figea silencieusement dans cette attitude ambiguë, entre la douleur terrifiante et le plaisir démesuré.

— ... ! hurlèrent les yeux du nu sans fleur.

Ils se révulsèrent en panique et, se précipitant dans leur élan, le nu sans fleur plongea tout entier dans les ronces. Il enfonçait les ronces comme de la crème anglaise sur des œufs en neige, et bientôt un corridor était ouvert sous l'inscription en pétales

Fleur pour tous, tous en fleurs, et nous pénétrâmes le palier à la première spirale du gigantesque escalier derrière le nu sans fleur qui courait désespérément derrière ses yeux.

Mac Caïn et l'humanité sauvée

— Mais c'est trop facile de consacrer la mort définitive des morts vivants. Le Premier Roman doit aussi ouvrir des perspectives enthousiasmantes. Alors, je peux décider que l'immortalité est à la portée de tous mes très nombreux personnages refusant leur réalité d'éphémères, et justement parce que, avec un petit effort de ma part, ils pourraient aussi bien accepter leur sort véritable et vivre leur éphémère comme d'enthousiasmants personnages de Premier Roman, et ils vivraient comme des immortels et ne seraient plus ces méchants tics favoris convulsés d'expériences contingentes.

Mac Caïn mord du chewing-gum à la menthe très bonne haleine en attendant que le feu passe au vert.

Je dis :

— J'ai trouvé ! Si n'importe qui pouvait n'importe quand être n'importe quoi, alors l'humanité serait sauvée. C'est-à-dire que si mes morts vivants acceptaient de n'être qu'une seconde dans l'instant, alors tout à coup ils seraient infiniment tous les instants à la fois. Ça c'est envoyé ! Pas vrai ?

Le feu est toujours rouge, les Creedence Clearwater Revival recommencent de jouer I Put a Spell on You et Mac Caïn mord dans son chewing-gum à la menthe très bonne haleine.

Je dis :

— Le souci, c'est que mes morts vivants ne seront peut-être pas très emballés par ma trouvaille enthousiasmante. Le Premier Roman ne doit pas trop exagérer les efforts pour bousculer ses personnages. Ils ont déjà souvent assez de mal à être bien là où ils sont.

Le feu passe au vert et Mac Caïn crache sa très bonne haleine sur le pare-brise pour tourner à droite.

CHAPITRE V

Un chacun selon sa fleur

L'étage à la première spirale s'étendait tout en replis fleuris dispersés entre les ronces. Dans chaque repli, un nu vénérait ses propres fleurs. Tous les nus vénéraient les fleurs, mais il n'y avait pas deux nus pour vénérer la même fleur. Chacun vénérait sa fleur exclusivement et d'une manière personnellement solidaire.

Dans le premier repli, il y avait le nu qui ne faisait que caresser les Orchidaceae parce qu'elles lui rappelaient comme il ne se souvenait pas du premier mot qui lui était sorti de l'existence. Alors, il caressait les Orchidaceae et le premier mot de son existence ne lui reviendrait jamais plus ; il était définitivement perdu dans les Orchidaceae qu'il caressait parce qu'elles lui rappelaient comme il n'oublierait jamais le premier mot qui lui était sorti de l'existence, perdu pour toujours dans les Orchidaceae. C'est pour ça qu'il était le nu catégoriquement essentiel au bon fonctionnement de la Foi Fleurie : en effet, il était définitif qu'Orchidaceament parlant personne ne se souviendrait jamais plus du premier mot qui lui était sorti de l'existence.

Dans un autre repli, le nu s'empressait autour des Tulipa parce qu'elles lui rappelaient quand il ne pouvait pas manger son riz à la sauce aux champignons et aux tomates bien mûres. Il mettait le riz à la sauce aux champignons et aux tomates bien mûres dans la casserole, puis il fallait attendre la cuisson et en attendant il se mettait à méditer à propos du silence impitoyable des champignons cuisant dans la casserole, et quand il avait fini de méditer les champignons étaient carbonisés dans le jus de tomates bien mûres. C'est ainsi que le nu aux Tulipa participait naturellement de la Foi Fleurie, parce qu'il est dans l'ordre de la vie d'un champignon dans une casserole d'être plus éphémère qu'une idée triste dans une méditation.

Puis venait le nu qui marchait autour des Teraxacum parce qu'ils lui rappelaient comme il n'avait jamais voyagé. Il marchait autour des Teraxacum en répétant « nulle part », « nulle part », « nulle part » sur chacun de ses pas et il propageait la Foi Fleurie parce qu'il est indiscutable que où que tout le monde aille, personne ne se retrouve jamais nulle part.

Le nu sirotait les Begonia parce qu'ils lui rappelaient l'absence de café bien noir dans sa bonne vieille cafetière. À l'époque de sa bonne vieille cafetière, il se levait très tôt avant l'aurore, il allait à la cuisine et ne faisait aucun café bien noir dans sa bonne vieille cafetière. C'était la bonne vieille cafetière aux bons copains, ils la lui avaient offerte à l'époque où il parlait beaucoup de faire du commerce en Afrique et de se ramener des tas de café bien noir à bonne vieille cafetière. Il n'avait jamais fait aucun commerce en Afrique, mais au demeurant et pendant tout ce temps il n'avait pas fait plus de café bien noir dans sa bonne vieille cafetière. Une fois qu'il n'avait toujours pas fait de café bien noir, il descendait à l'atelier et regardait onctueusement sa bonne vieille cafetière vide de café bien noir en écoutant la pluie rebondir sur les tôles. Alors, le nu qui sirotait les Begonia positivait activement la Foi Fleurie, parce qu'il est scientifiquement établi qu'une bonne vieille cafetière si elle n'est pas perdue, volée ou cassée, rouillera d'elle-même jusqu'à tomber en poussières dans l'absence éternelle de café bien noir.

Mais dans le repli suivant, le nu chantait aux Dahlias Imperialis parce qu'ils lui rappelaient qu'il n'avait jamais trouvé l'harmonie parfaite entre le chant et l'existence. Il avait cherché le chant pour s'enrouler dans l'existence au point que l'existence chantât et que le chant existât dans une immobilité parfaite d'harmonie, il avait cherché et cherché jusqu'à en perdre toute perfection d'harmonie, alors il ne faisait plus que chanter aux Dahlia Imperialis le Déchirement à la Pierre Perdue que l'Ex scandait de petits cris acides en piétinant les ronces.

CHAPITRE VI
Le Déchirement à la Pierre Perdue
En : Am Em Am Em etc. sous cris acides

Am Em

Il était une grande famille de pierres, au sein d'une haute montagne.

Am

Pas de premières, jamais dernières, fières et unies dans la montagne.

Em

Elles auraient pu s'écraser entre elles, les pierres dans la montagne.

Am

Elles auraient pu ne briller que pour elles, mais les pierres n'existaient qu'en la montagne.

Am

Pourtant, voici le Premier Enfant aux cheveux d'or,

Em

Il court pour chercher une montagne.

Am

Un matin est arrivé le Premier Enfant aux cheveux d'or,

Em

Il se dépêche de trouver la haute montagne.

Am Em

Le Premier Enfant court autour de la montagne, et tout autour ne voit que des pierres.

Am

Le Premier Enfant s'arrête devant la montagne, et jusqu'en haut ne voit qu'un tas de pierres.

Em

Il plonge la main au coeur de la montagne, le Premier Enfant

Am

Il arrache un cœur à la montagne, et dans sa main regarde se pétrifier le sang

(Ni Am ni Em. Un cri strident.)

— Ce n'est qu'une pierre morte, dit le Premier Enfant.

Et il jette la pierre loin par-dessus ses cheveux d'or.

Am

— Oh le Premier Enfant n'est pas bien malin !

Em

— Oh ça non, pas bien malin !

Am

— Oh le Premier Enfant n'est pas bien malin !

Em

— Oh ça non, pas bien malin !

Am Em

Il jette la pierre au loin derrière, très loin de la haute montagne

Am

Et il replonge la main au loin devant, profond au cœur de la montagne

Em

Dans sa main le sang s'est pétrifié, il ne ressemble à aucune montagne

Am

Le Premier Enfant goûte sur ses doigts, il n'y a aucun goût de haute montagne

Etc.

Oh et le Premier Enfant jette les pierres

Toujours plus loin derrière

Oh et le Premier Enfant arrache la montagne

Le cœur de la montagne

Le sang a coulé, les pierres ont roulé

Arrachées en leur cœur, sans arrêt, sans pitié

Jusqu'à ce qu'au soir de la haute montagne plus rien ne demeure à part

Une pierre, la dernière, dans la main du Premier Vieillard

Le Premier Vieillard n'a plus de cheveux d'or, seulement la dernière pierre au creux des mains

Le Premier Vieillard est fatigué, et toujours pas très malin

Il regarde une dernière fois la dernière pierre, et dit « ah c'est une pierre encore »

Et il la jette loin en arrière, loin par-dessus ses cheveux morts.

Oh le Premier Vieillard n'est pas malin

Oh non, décidément pas très malin

Oh le Premier Vieillard n'est pas malin

Oh non, définitivement pas bien malin

Immobile sous l'absence de haute montagne, le Premier Vieillard est fatigué

Il se retourne pour s'en aller, baisse les yeux et voit ses pieds tout effacés

Il redresse le regard, et tout autour tout n'est que noir brouillard

Les larmes des pierres arrachées à leur coeur épars

Le Premier Vieillard demeure figé dans les larmes des pierres sans coeur

Il regarde fort, et ses yeux fatigués pénètrent lentement l'épaisseur

Quand soudain de la nuit crève en silence la plus haute des gigantesques montagnes

Écrasée sous une autre, et une autre, toujours plus hautes montagnes

Autant de montagnes que de pierres arrachées à leur coeur

Toutes plus hautes et noires que leurs sœurs

Toutes perdues dans leurs larmes en brouillard

Des montagnes à l'infini autour du Premier Vieillard.

Le Premier Vieillard hagard soupire, baisse les yeux et d'un pas abattu

Il erre entre les hautes montagnes, à la recherche des pierres perdues

Mais les pierres ne sont plus que des montagnes, toutes s'écrasant dans le noir,

Infiniment perdues dans leurs larmes en brouillard

Le Premier Vieillard d'un pas abattu entre les montagnes longtemps erra

Si longtemps que sous ses cheveux morts son front s'affaissa

Dans son tronc ses bras s'avalèrent et ses jambes traînant sans repos

D'entre les montagnes s'étirèrent en un lourd et douloureux fardeau

Le Premier Vieillard était le Lézard, et dans les noires larmes en brouillard

Sa peau devenue froide et fragile allait, rampant au hasard

Le Premier Vieillard était le Lézard, et dans les noires larmes en brouillard

Sa peau devenue froide et fragile allait, rampant au hasard

Je crois qu'il cherchait une pierre qu'autrefois perdit le Premier Enfant

Je crois qu'il voulait une pierre pour en finir avec le Premier Roman

Il était une grande famille de pierres, au sein d'une haute montagne.

Pas de premières, jamais dernières, fières et unies dans la montagne.

Elles auraient pu s'écraser entre elles, les pierres dans la montagne.

Elles auraient pu ne

Les pierres déracinées

Mais les pierres gisent au hasard des jours. Nous croisons leur chemin, et parfois nous nous penchons pour les recueillir dans nos mains. Et nous déclarons : désormais elles sont mes pierres parce qu'elles pèsent sur moi. Elles sont miennes, donc elles sont moi. Mais quel rapport ont-elles avec moi sinon de peser au bout de mes bras ? Comment pourraient-elles constituer mon identité si elles ne sont qu'un poids immobile entre mes doigts ? Mon identité ne serait donc qu'un poids déraciné au hasard des chemins ?

Alors, ce poids pourrait aussi bien être celui de n'importe quel autre.

Mac Caïn et la difficulté d'être moi malgré les initiales conceptuelles

Je dis à Mac Caïn :

— Il faut tout de même que j'arrive à me donner un peu de caractère dans le Premier Roman, à cause du réalisme et de la respectable identification du lecteur. Si je suis toujours à ne rien être, n'importe qui pourra s'identifier n'importe comment, et le Premier Roman deviendra de plus en plus malsain et embrouillé, ce qui est de très mauvais augure pour un Premier Roman. J'essaie bien de débrouiller tout ça en pensant le Premier Roman en initiales conceptuelles très personnalisantes, mais je ne sais pas si c'est bien sérieux. On me prendra pour un grand fainéant un peu loufoque, alors qu'il s'agit seulement de mettre beaucoup de moi dans des petits mots qui en disent long. Sinon, le Premier Roman va se mettre à s'emmêler dans des longueurs à virgules dont tout le monde use tout le temps pour ne parler que de soi. Et le Premier Roman doit être universel et parler d'un peu tout le monde à la fois. Mais... alors il faudra peut-être faire attention à ne pas mettre trop de moi dans mes initiales conceptuelles... Mince, voilà que je suis encore à m'embrouiller salement... J'espère que les lecteurs vont mieux s'en tirer que moi. Quand on y réfléchit un peu, c'est généralement très compliqué d'être moi.

Mac Caïn et la chaussette muette

— Parce que tu comprends que je passe tout mon temps à penser à la façon dont je passe tout mon temps à penser au Premier Roman plutôt qu'à l'écrire simplement. En vérité je n'y pense même pas, je persévère simplement à vivre ma vie en la pensant. Et il est hors de question que j'écrive le Premier Roman en persévérant à penser ma vie sans lui. Il faut que cette grande chose se fasse avec moi, et moi je persévère à boire ce verre de bière en pensant que la bière est drôlement douce quand elle est bien fraîche, je pense à me dépêcher d'aller aux toilettes et je me demande s'il reste assez de papier, je pense que j'ai faim et je me dépêche de manger pour me dépêcher de laver la vaisselle et préserver plus de temps pour penser au Premier Roman. Mais je ne peux plus y penser du tout, à cause de toutes ces choses auxquelles j'ai pensé et qui ont pris la place du Premier Roman pour lequel je me suis tant préoccupé toute la journée sans pouvoir y penser. Par exemple, en ce moment même, je regarde cette chaussette sur ton pied, et je n'y trouve catégoriquement rien qui me fasse penser au Premier Roman. La chaussette reste muette comme une simple chaussette sur la vie de ton pied. Ça devient vraiment affolant quand on y pense tout le temps.

Mac Caïn retire son pied en chaussette de dessus la table, il se penche en avant et rajoute dix gouttes de Calmant Catégorique dans mon verre de bière.

CHAPITRE VII
La fête continue

Les cris acides se coincèrent en travers l'Ex et elle déglutit un épais hoquet dans les pierres qui brillent. Ses pieds se soulevèrent hors des ronces, elle bascula et ne s'était pas encore rattrapée au creux de mes bras qu'elle me repoussa brutalement dans le repli fleuri au nu qui considérait d'un œil sévèrement clos, un œil sévèrement ouvert les Papaver Somniferum parce qu'ils lui rappelaient comment il n'avait jamais peint le Paradis. Il dressait un doigt en avant et disait « On ne bouge plus » en continuant de dresser le doigt devant les Papaver Somniferum comme s'il tenait en équilibre le sort d'une mappemonde de cristal hystérique virevoltant terriblement vite sur elle-même. Et ses yeux demeuraient l'un sévèrement fermé, l'autre sévèrement ouvert et il disait « Si vous finissiez de bouger... » aux Papaver Somniferum qui lui rappelaient comment il n'avait jamais peint le Paradis.

Puis venait le repli fleuri où le nu soufflait sur les Hibiscus parce qu'ils lui rappelaient les brûlantes tartines au beurre d'amande douce que ne lui avait jamais préparées sa mère et que personne d'autre ne saurait jamais lui préparer.

Puis le nu qui riait par-dessus les Passiflora Edulis parce qu'elles lui rappelaient quand il n'avait jamais osé faire l'école buissonnière avec ses deux meilleurs potos.

Le nu qui cognait les Helianthus Annous parce qu'ils lui rappelaient comment il n'avait jamais battu les salauds s'ils avaient dragué la femme de sa vie. Il ne leur avait pas collé une droite, puis une gauche, puis une autre droite, les salauds n'avaient pas roulé par terre et alors il n'avait pas pu ne pas avoir pitié, il ne leur avait pas flanqué des coups de santiags dans les dents jusqu'à ce qu'ils soient tout juste avant de crever, et alors il n'avait pas bandé ses muscles d'un air grave et ne leur avait pas dignement craché dessus avant de s'en aller avec la femme de sa vie.

Le nu qui s'écrasait dans les Viola Tricolor parce qu'elles lui rappelaient comme il ne s'était jamais suicidé une bonne fois pour toutes.

Le nu qui étreignait les Foetidissima parce qu'ils lui rappelaient comme il aurait englouti ce fromage gigantesque à la station-service en attendant que son père fasse le plein d'essence à ras bord pour son auto si seulement son père avait jamais eu une auto pour la remplir d'essence à ras bord dans n'importe quelle station-service à fromage gigantesque.

Le nu qui méditait devant les Lilium parce qu'elles ne lui rappelaient rien.

Le nu qui souriait béatement aux Bougainvillea Spectabilis parce qu'ils lui rappelaient comme sa femme lui manquait abondamment avant qu'il ne la rencontrât jamais.

Et enfin vint le nu qui dans son repli fleuri épiait les Rosacea parce qu'elles lui rappelaient comme il n'avait jamais contracté la passion maladive du voyeurisme. Il salua notre arrivée en continuant d'épier les Rosacea.

— La fête fleurie continue aussi pour tous, dit-il sans cesser d'épier les Rosacea. Pourtant, voilà les mentors mal fleuris qui s'enfleurissent, et les fleurent vont se confondant sans se sentir. Le sage très allongé sera bien forcé de sourire comme si le thé était en vérité un peu trop brûlant. Mais j'épie que tu n'as aucune fleur sur ton nu ! Alors, fuis vite plus haut trouver la discorde fleurie !

Le nu continuait d'épier les Rosacea dans son repli fleuri et l'Ex me caressa doucement le bras pour poursuivre l'ascension de l'escalier gigantesque.

Mac Caïn et le droit au reposoir

Mac Caïn aspire sa cigarette pour souffler des ronds de fumée.

Je dis à Mac Caïn :

— Alors, s'il n'y a vraiment plus le choix, il faut peut-être se résigner à ne plus rien choisir du tout.

Mac Caïn broie la fin de sa cigarette entre ses ongles. Les ronds de fumée ne marchent pas très fort. Il se répandent n'importe comment, et Mac Caïn allume une autre cigarette pour continuer de souffler des ronds de fumée.

— Tu comprends ? Parvenir à s'en ficher, mais comme un roi très majestueux, sans rien d'arrière-pensées, de mauvais remords, toutes les choses qui courent dedans et qui empêchent de s'en ficher royalement. Ça peut aussi éviter d'accumuler les cheveux blancs et les poches grasses sous les yeux. Alors, je sollicite le droit au reposoir. Juste pour se reposer un peu, et laisser les pages courir toutes seules dans le Premier Roman. Quand elles courent d'elles-mêmes pour aller nulle part, les laisser courir pour rien. Je dis que les lecteurs ont aussi le droit d'en avoir marre du Premier Roman. Ils en ont marre comme d'un interminable exercice de mathématiques et, le temps d'un chapitre ou deux, leurs yeux fatigués se servent du Premier Roman comme le plus doux des oreillers sans arrière-pensées.

Mac Caïn aspire furieusement la fin de sa cigarette et crache un carré de fumée dans ses ronds qui ne marchent pas très fort.

CHAPITRE VIII

La discorde fleurie

ou

Qui conchie bien ronfle en ses draps chauds

Le nu sans fleur balançait la tête en notre absence sur le palier de la deuxième spirale. L'emmitouflant douillettement comme une dernière gorgée de rhum au sucre brun sur l'échafaud, une barrière de ronces impénétrables scintillait tout autour de lui. Il n'y avait plus nulle part où aller. Alors, la tête du nu sans fleur balança tout à coup vers celle de l'Ex, ses yeux sans paupières chavirèrent hors d'eux-mêmes et le nu sans fleur plongea à leur suite dans la barrière de ronces impénétrables comme la crème anglaise se perdant dans les œufs en neige. Un corridor était ouvert sous l'inscription Fleurs pour un, tous pour fleur en pétales empêtrés du palier à la deuxième spirale.

L'étage à la deuxième spirale se réduisait à trois repaires fleuris concentrés entre les ronces. Dans chaque repaire, un rassemblement de nus écoutait un mentor mal fleuri très convaincant.

— Je suis le nu qui se conchie, convainquait le mentor mal fleuri du premier repaire, et peu importe de se conchier sans avenir sur les seules Syringa Vulgaris pour se rappeler comme ma vie aurait été fétide si seulement j'avais pris le temps de la sentir ! Aux ordures la confiture de myrtilles du jardin gratinée aux morceaux fondants qui dore aimablement sur de belles bûches de chêne ronflant au fond de la cheminée ! Tout ça, c'est de la vieille Foi Fleurie sans ambition. Pouah, elle pue, elle pue la vieille Foi Fleurie ! Alors la nouvelle Foi Fleurie pleine d'ambition commande que tout nu chacun se conchiera désormais sur toutes les fleurs précitées par l'auteur et héros de cette histoire sans exception pour proclamer que LA vie aurait été UNIVERSELLEMENT fétide si seulement TOUS avaient pris le temps de la sentir ! Maintenant, conchiez-vous et conchiez répandre l'ambitieuse nouvelle Foi Fleurie !

(Floraison d'applaudissements conchisants)

— Et moi je suis le nu qui ronfle dans ses Iris, écoutaient d'autres nus dans le deuxième repaire, et j'en ronfle malsain de voir toutes ces fleurs gâchées à ne pas ronfler dedans. C'est du gâchis et du temps perdu que de faire autre chose que ronfler en ses fleurs. Pire, de la fatigue pour rien ! Et moi je suis fatigué de la fatigue pour rien, et je convainque que quitte à ne jamais être nulle part chez soi, mieux vaut toujours ronfler dans toutes les fleurs qu'on trouvera en chemin. Voilà une nouvelle Foi Fleurie qui tient la route ! Et la nouvelle Foi Fleurie stipule qu'il ne faut jamais laisser aucune fleur au bord de la route ! Tous en route pour ronfler en la nouvelle Foi Fleurie !

(Floraison d'applaudissements ronflants)

Et le mentor mal fleuri du dernier repaire :

— Vive le nu qui pose sa joue sur les Nymphéas qui rappellent l'odeur des draps chauds quand on est en train de les repasser et qu'on n'a jamais été en train de repasser, tout naturellement ! Hourra toutes les fleurs en draps chauds ! Quelle douceur la nouvelle Foi Fleurie des draps chauds ! Sus à toutes les fleurs pour la douceur des draps chauds !

Floraison d'applaudissements chaleureux, et les rassemblements de nus s'élancèrent hors des trois repaires en me bousculant comme des hordes de canaris aveugles, se réfrénant au dernier moment pour soigneusement contourner l'Ex, puis s'élançant de nouveau pour l'amour des nouvelles foi fleuries.

Les nus au repaire conchiant subtilisèrent les Viola Tricolor, les Hibiscus, les Dahlia Imperialis, les Teraxacum et les Orchidaceae.

Les nus au repaire ronflant subtilisèrent les Passiflora Edulis, Les Rosacea, les Lilium, les Foetidissima et les Bougainvillea Spectabilis.

Et les nus au repaire du mentor mal fleuri aux draps chauds (qui était aussi le moins convaincant des mentors mal fleuris) seulement les Helianthus Annous, les Tulipa, les Begonia et les Papaver Somniferum.

Mais quelle ne fût l'épouvantable surprise des rassemblements de nus quand, fièrement bardés de butins, ils finirent par rejoindre leur repaire : les fleurs de tout un chacun avaient disparu !

— Notre vengeance est universelle d'avance ! convainquait le mentor mal fleuri qui se conchiait dans le premier repaire. Avançons leur montrer comment se conchient d'ambition leurs maudites fleurs !

— Qui ronfle en chemin ronfle plus loin ! convainquait le mentor mal fleuri ronflant dans le deuxième repaire. Aussi : ronflons vite !

Et le mentor mal fleuri aux draps chauds :

— Gloire à l'odeur des draps chauds dans les douces fleurs !

Mais les rassemblements de nus n'avaient plus le cœur à être convaincus. Ici on se conchia prudemment, là on ronfla sans entrain, et les autres ne cessaient de se tournaient et se retourner et suer dans l'odeur des draps chauds. Les nus n'y mettaient plus le cœur, ils étaient trop abattus par la perte de leurs fleurs, et bientôt ils s'en allèrent chacun s'isoler dans les recoins de leur repaire pour vénérer les premières fleurs qui leur tombaient sous la main.

Dans les recoins du premier repaire :

L'ancien nu aux Orchidaceae caressait le suicide une bonne fois pour toutes parce qu'il se rappelait comme il était un nu qui vénérait les Viola Tricolor.

L'ancien nu aux Tulipa s'empressait dans ses brûlantes tartines au beurre d'amande douce que ne lui avait jamais préparées sa mère de nu et que personne d'autre ne saurait jamais lui préparer dans sa vie de nu vénérant les Hibiscus.

L'ancien nu aux Teraxacum marchait autour de l'harmonie parfaite entre le chant et l'existence parce qu'elle lui rappelait les Dahlia Imperialis. Il marchait autour de l'harmonie parfaite entre le chant et l'existence pour s'enrouler autour afin que l'existence chantât et que le chant existât dans une immobilité parfaite d'harmonie, et il marchait et il marchait jusqu'à en perdre toute perfection d'harmonie, alors se rappelait la vénération aux Dahlia Imperialis et marchait dans le Déchirement à la Pierre Perdue que l'Ex scandait de petits cris acides en piétinant les ronces. (En Em Am Em Am etc.)

L'ancien nu aux Begonia sirotait son voyage nulle part parce qu'il lui rappelait comme il était un nu qui vénérait les Teraxacum. Il sirotait son voyage nulle part en répétant « nulle part », « nulle part », « nulle part » à cause de la vénération aux Teraxacum.

L'ancien nu aux Dahlia Imperialis chantait l'impossible souvenir au premier mot qui lui était sorti de l'existence parce qu'il lui rappelait les Orchidaceae. Alors, il chantait l'impossible souvenir au premier mot qui lui était sorti de l'existence, il était définitivement perdu dans sa chanson qu'il chantait parce qu'elle lui rappelait comme il vénérerait pour toujours les Orchidaceae.

— Tu dors ! me secouait l'Ex de sa voix d'écailles vives qui sautent sous la lame. Ouvre les yeux !

Les mentors mal fleuris étaient en train de rassembler leurs nus pour une nouvelle expédition.

— Vous êtes des traîtres nus ! rassemblait le mentor mal fleuri qui se conchiait. L'avenir appartient à ceux qui se conchient ! Conchiez tout !

— En route vers le prompt ronflement ! rassemblait le mentor mal fleuri ronflant.

— Les draps chauds sentent le roussi en notre absence ! rassemblait le mentor fleuri aux draps chauds.

Alors, les nus se rassemblèrent de nouveau, et à regret ils abandonnèrent leurs nouvelles fleurs pour s'élancer hors leur repaire vers la nécessité des nouvelles foi fleuries.

Les nus au repaire conchiant subtilisèrent les Passiflora Edulis, Les Rosacea, les Lilium, les Foetidissima et les et les Orchidaceae (un loufoque traître nu se subtilisa ses propres fleurs)

Les nus au repaire ronflant subtilisèrent les Helianthus Annous, les Tulipa, les Begonia, les Bougainvillea Spectabilis et les Papaver Somniferum.

Et les nus au repaire du mentor mal fleuri aux draps chauds (qui était encore le moins convaincant) seulement les Viola Tricolor, les Hibiscus, les Dahlia Imperialis et les Teraxacum.

Mais quelle ne fût l'épouvantable surprise des rassemblements de nus quand, dûment bardés de butins, ils finirent par rejoindre leur repaire : les nouvelles fleurs vénérées avaient disparu !

— Universelle, apocalyptique vengeance ! convainquait le mentor mal fleuri qui se conchiait dans le premier repaire.

— Raison de plus pour s'empresser de ronfler ! convainquait le mentor mal fleuri ronflant dans le deuxième repaire.

Et le mentor mal fleuri aux draps chauds :

— Toutes plus douces les unes que les autres...

Mais les rassemblements de nus avaient encore moins le cœur à être convaincus. Ici on se conchia maussadement, là on ronfla en soupirant, et les autres se ne firent même pas semblant de se rappeler l'odeur des draps chauds en se posant la joue sur les fleurs. Les nus n'y mettaient plus le cœur, ils étaient trop abattus par la perte des nouvelles fleurs, et bientôt ils s'en allèrent chacun s'isoler dans les recoins de leur repaire pour vénérer les fleurs qu'ils venaient de subtiliser.

Dans les recoins du deuxième repère :

L'ancien nu aux Papaver Somniferum considérait d'un œil sévèrement clos, un œil sévèrement ouvert les salauds qu'il aurait battu s'ils avaient dragué la femme de sa vie parce qu'ils lui rappelaient les Helianthus Annous. Il les considérait à droite, puis à gauche, puis encore à droite, il les considérait qui roulaient par terre et alors il fronçait l'œil sévèrement fermé, il les considérait dans les dents de l'œil sévèrement ouvert jusqu'à ce qu'ils soient tout juste avant de crever, et alors il fermait sévèrement l'œil sévèrement ouvert, il ouvrait sévèrement l'œil sévèrement fermé et il clignait dignement des yeux avant de s'en aller avec la femme de sa vie en considérant les Helianthus Annous.

L'ancien nu aux Hibiscus soufflait sur son riz à la sauce aux champignons et aux tomates bien mûres parce qu'il lui rappelait les Tulipa. Il soufflait dans la casserole pleine de riz à la sauce aux champignons et aux tomates bien mûres, puis il fallait souffler et il soufflait et soufflait dans le silence impitoyable des champignons cuisant dans la casserole, et quand il avait fini de souffler les champignons étaient carbonisés dans le jus de tomates bien mûres et la vénération des Tulipa.

L'ancien nu aux Passiflora Edulis riait de l'absence de café bien noir dans sa bonne vieille cafetière parce qu'il n'y en avait pas plus dans les Begonia.

L'ancien nu aux Helianthus Annous cognait sa femme qui lui manquait abondamment avant qu'il ne la rencontrât jamais parce qu'elle lui rappelait les Bougainvillea Spectabilis.

L'ancien nu aux Viola Tricolor s'écrasait dans le tableau perdu du Paradis pour la vénération des Papaver Somniferum.

— Ne dors pas ! me cinglait l'Ex de sa voix d'écailles vives qui sautent sous la lame. Vois !

Les mentors mal fleuris avaient rassemblé leurs nus pour une ultime expédition, et les rassemblements de nus s'élançaient hors leur repaire en gémissant sous le joug des nouvelles foi fleuries.

Les nus au repaire conchiant subtilisèrent les Helianthus Annous, les Tulipa, les Begonia, les Bougainvillea Spectabilis et les Papaver Somniferum

Les nus au repaire ronflant subtilisèrent les Viola Tricolor, les Hibiscus, les Dahlia Imperialis, les Teraxacum et les Orchidaceae.

Et les nus au repaire du mentor mal fleuri aux draps chauds (qui était définitivement le moins convaincant) seulement les Passiflora Edulis, Les Rosacea, les Lilium et les Foetidissima

Mais quelle ne fût l'épouvantable surprise des rassemblements de nus quand, péniblement bardés de butins, ils finirent par rejoindre leur repaire : les nouvelles fleurs vénérées avaient disparu !

— Conchiez tout ! Conchiez-vous !

— Ronflez vers l'au-delà !

— Tout brûle !

Mais les rassemblements de nus n'avaient plus du tout le cœur à être convaincus. Ici on se constipa pour de bon, là on respira paisiblement et les autres se tordirent hystériquement dans les draps chauds. Les nus ne voulaient plus être convaincus, ils avaient le cœur brisé et s'en allèrent chacun s'isoler dans les recoins de leur repaire pour vénérer les fleurs comme elles venaient.

— Dans les recoins du troisième repère :

L'ancien nu aux Foetidissima étreignait ses deux meilleurs potos avec qui il n'avait jamais fait l'école buissonnière de crainte des Passiflora Edulis.

L'ancien nu aux Bougainvillea Spectabilis souriait béatement dans l'absence absolue de souvenir des Lilium.

L'ancien nu aux Lilium méditait sur l'absence maladive de passion voyeuriste au fond des Rosacea.

L'ancien nu aux Rosacea épiait le fromage gigantesque qu'il aurait englouti à la station-service en épiant son père occupé à faire le plein d'essence à ras bord pour son auto parce qu'il n'y avait plus rien que des Foetidissima.

— Réveille-toi !

Les mentors mal fleuris ne disaient plus rien. Ils ne rassemblaient plus les nus vénérant les fleurs dans les recoins, et ils n'essayaient plus de convaincre en vue des nouvelles foi fleuries. Ils étaient redevenus des nus parmi les nus, l'un se conchiant sur lui-même, l'autre s'étouffant dans ses ronflements et le dernier se déchirant la joue contre les ronces. C'est alors que s'allongea le sage très allongé, et son sourire se mit à parler au travers la barbe en grains de beauté comme s'il se rétractait sur du thé un peu trop brûlant au goûter de quatre heures.

Le sourire, se rétractant d'entre la barbe en grains de beauté
comme des graines de pluie qui
sèchent sur la tôle surplombant le goûter de quatre heures.

— Voici venue la rétractation de la discorde fleurie, enfin, et le nouveau printemps de la Foi Fleurie n'en sera que plus rétabli, identique, éternel et inébranlable, printanier en quelque sorte : exactement l'œuf au plat bien enrobé au creux de la poêle qui jubile légèrement sur l'huile des tournesols. Je ne peux malheureusement pas en dire plus, mais voilà déjà tout un chacun qui fera ce qu'il fait quand j'envoie dans un empressement de caramel en flammes le nu sans fleur délayer la dévolution d'un chacun selon sa fleur, une bien sage décision, très allongée. Regarde-le qui s'empresse à se balancer de repaires en recoins, arrangeant les fleurs sur leurs nus, renouant abondamment les replis fleuris. Oui, les ronces sont impénétrables et depuis la pluie des temps et faute de mieux la Foi Fleurie demeurera immuablement éternelle. Tu peux maintenant reprendre l'ascension finale au commencement abouti.

Le sourire s'était rétracté comme dans la chaleur implacable d'une autre journée qui s'achève, et l'ancien nu aux Rosacea vide de Foetidissima m'épia dans le creux de l'oreille :

— Les fleurs pénètrent les fleurs, m'épiait-il dans le creux de l'oreille, et bientôt chacun ne sera plus que tout un, puisqu'un chacun a perdu ce que personne n'a plus. Les voilà enfin tous ensemble, les nus qui ne peuvent plus qu'être fleuris, réunis pour la grande guerre fleurie. Le sage très allongé sera bien forcé de s'ébouillanter tout à fait le sourire. Mais j'épie que ton nu n'est pas encore fleuri ! Ne perds plus de temps ! Monte !

L'ancien nu aux Rosacea vide de Foetidissima continuait de m'épier le creux de l'oreille, et je me dépêchai de rattraper l'Ex qui poursuivait l'ascension de la troisième spirale à l'escalier gigantesque.

Mac Caïn et l'adjectif impondérable

Mac Caïn ne retrouve plus les clés de son appartement et marmonne des mots rugueux en vidant bruyamment ses poches sur le paillasson.

— Il y a que j'en ai marre du Premier Roman et que j'ai envie de lui expédier n'importe quel genre d'adjectif impondérable pour en finir une fois pour toutes et me remettre à vivre ma vie rien que pour moi. Tu comprends, recouvrer le droit de penser ma vie sans arrière-pensées. Et puis, au fond, la fin du Premier Roman n'est pas aussi importante qu'elle veut nous le fait croire : ce qui compte, c'est que le lecteur ait réussi à le suivre jusque-là et qu'il ait saisi l'esprit du Premier Roman. La lettre du Premier Roman, au fond, ça ne veut rien dire. Ce n'est que du charabia de mots emmêlés tant bien que mal les uns aux autres pour développer des idées que tout le monde avait déjà entendues quelque part, mais avait laissées de côté pour poursuivre sa vie sans arrière-pensées. En vérité, l'idée est ressuscitée dès la première ligne. Tout est dit à ce moment-là. Le reste, c'est juste pour les pirouettes. Alors ce qui compte dans le Premier Roman, c'est que la première ligne soit formidablement épatante.

Mac Caïn est en train d'assener des coups de talons dans la porte de son appartement à cause des clés introuvables.

— Le problème, c'est que si le Premier Roman est écrit tout dans le désordre, ce ne sera pas facile de lui déterminer une première ligne. Ou bien la dernière ligne sera la première ligne, ce qui serait finalement dans l'ordre des choses, mais ça ne simplifie pas l'affaire du Premier Roman. Il faut peut-être seulement que je m'obstine à en avoir marre jusqu'à la fin, et trouver pour le Premier Roman toute une foule d'adjectifs très hautement pondérables pour que l'idée ait du poids du début à la fin et que le lecteur ne l'abandonne pas n'importe où en arrière de sa vie. Que c'est tordu toutes ces histoires... Pourquoi les choses n'arrivent jamais à ressembler à ce qu'elles devraient être ?

Mac Caïn ramasse ses poches vidées sur le paillasson et passe la porte défoncée de son appartement, nonobstant les hurlements déments de sa voisine.

CHAPITRE IX
La Guerre Fleurie
ou
La grande harmonie des nus

Quand je la rattrapai, l'Ex était déjà enlacée comme un nœud coulant dans les yeux du nu sans fleur, les yeux étranglés du nu sans fleur et la tête démesurée se balançant sur l'Ex tandis qu'ils s'enfonçaient ensemble entre les épines de ronces du palier à la troisième spirale. L'Ex et le nu sans fleur s'enfonçaient silencieusement dans les ronces, et les ronces se refermaient sur eux comme la crème anglaise définitivement noyée sous les œufs en neige. Je me jetai précipitamment dans le dernier orifice d'épines entrouvert, écrasant des poings, arrachant des dents, éventrant les épines et les pétales froissés Fleurs pour fleur, tous en un de l'inscription en poussières dans mes poings et mes dents et, pendu comme un rire lacéré à l'Ex et au nu sans fleur, je pénétrais l'étage à la troisième spirale.

L'étage à la troisième spirale de l'escalier gigantesque s'ouvrait sur une vaste scène étouffée de fleurs comme sous les glaviots d'un arc en ciel poitrinaire. Malgré la hauteur impénétrable du Dôme de ronces qui enfermait le ciel, on trouvait à peine la place pour respirer tant les nus se vautraient les uns sur les autres dans les amas de fleurs irrémédiablement confondues entre elles.

— Je suis la cafetière aux Lilium sirotant l'étreinte de la femme qui manque abondamment avant de ne jamais la rencontrer dans aucun Helianthus Annous, méditait le nu bardé des fleurs irrémédiablement confondues entre elles.

— Hé hé, s'empressait le nu bardé des fleurs irrémédiablement confondues entre elles, c'est moi Bougainvillea Spectabilis cognant le fromage qui se sirote.

— Comment ça qui se sirote ? Alors, rends-moi mes Papaver Somniferum ! chantait le nu bardé des fleurs irrémédiablement confondues entre elles en écrasant le premier mot qui lui était sorti de l'existence.

— Jamais ! Je dis que si tu n'avais jamais épié mes rires aux champignons naturellement carbonisés, nous nous caresserions tous en Begonia ! souriait béatement le nu bardé des fleurs irrémédiablement confondues entre elles en suicidant les Viola Tricolor.

— Ah ! Tu t'arraches mes Passiflora Edulis ? riait le nu bardé des fleurs irrémédiablement confondues entre elles. Médite un peu comme comme moi aussi je me te les considère d'un œil sévèrement ouvert, un œil sévèrement fermé et t'empresse les Foetidissima au fin fond des brûlantes tartines !

— Pas question ! La station-service s'écrase harmonieusement à ras bord des Tulipa qui cognent les Teraxacum pour le plus grand bien du voyage impossible ! marchait le nu bardé des fleurs irrémédiablement confondues entre elles autour des fleurs irrémédiablement confondues entre elles.

— Tes Dahlias Imperialis ? s'écrasait le nu bardé des fleurs irrémédiablement confondues entre elles en cognant les Hibiscus. Prends déjà les Orchidaceae !

— Laisse mes Rosacea ! soufflait le nu bardé des fleurs irrémédiablement confondues entre elles en caressant les Lilium.

Et les nus se vautrèrent encore dans les amas pour s'arracher et se jeter et se protéger les fleurs irrémédiablement confondues entre elles, un nu s'arrachant les Passiflora Edulis et se jetant l'absence de tout souvenir sur les cafetières pleines d'Orchidaceae que protégeait le nu sur son suicide de fromage aux Begonia pendant que le nu cognait de sourires béats les brûlantes tartines impossibles dans le premier mot qui lui était sorti de l'existence et que les autres nus se jetaient l'école buissonnière, arrachant la femme jamais rencontrée, arrachant les nulle part, arrachant l'harmonie perdue au Paradis. Les fleurs s'élevaient et se confondaient toujours plus irrémédiablement élevées entre elles sous l'impénétrable Dôme de ronces comme un sourire d'arc en ciel enfin guéri qu'essayait d'atteindre le nu sans fleur, le nu sans fleur délivré de l'Ex pour se jeter à la poursuite de ses yeux par-dessus la scène, ses yeux qui voulaient arracher le sourire de l'arc en ciel, mais qui s'écrasaient toujours avec le nu sans fleur sur les coups furieux des nus aux fleurs irrémédiablement confondues entre elles. Les yeux s'écrasaient obstinément sur les coups, ils s'abîmaient, s'écorchaient, se tranchaient, se déchiraient, se noyaient, se brûlaient, se broyaient, s'empalaient, se pourfendaient, s'écartelaient, se crucifiaient sur les coups, et chaque coup désorbitait plus profondément les yeux des balancements de tête du nu sans fleur qui s'écrasait obstinément sous le sourire de l'arc en ciel, si bien qu'un dernier coup furieux fit jaillir les yeux hors le balancement et la tête du nu sans fleur, ils jaillirent en grande gerbe fleurie qui vint déposer son dernier linceul sur le corps du nu désormais fleuri, immobile et enterré dans le seul repli vierge de toutes les fleurs confondues entre elles, un obscur recoin hérissé d'épines où allaient mourir les bêtes.

Les nus n'en continuèrent pas moins de s'arracher, de se jeter, de se protéger les fleurs irrémédiablement confondues entre elles, et sous l'arc en ciel rayonnant montaient une dernière fois les champignons et les cafetières et les premiers mots et les bagarres et les suicides et les brûlantes tartines et les fromages et les crocodiles géants et les odeurs de lumière et les bisons énormes et les potions fortalisantes et les Darwin insomniaques et les bosses au front et les dunes de sable et les morceaux de lac maudit et le sage très allongé toujours très allongé qui souriait au travers la barbe en grains de beauté comme après s'être définitivement ébouillanté avec le dernier thé de la nuit.

Le sourire, s'ébouillantant d'entre la barbe en grains de beauté comme la brusque réminiscence d'un cauchemar terrifiant au fond du dernier thé avant de se coucher.

— Nous vénérons tous nus entre les mêmes ronces ! Nous vénérerons tous fleuris entre les mêmes ronces !

Le sourire s'était ébouillanté jusqu'à fondre et se dissoudre comme entre les secondes du pendule à la chambre noire. Alors, le nu bardé des fleurs irrémédiablement confondues entre elles s'étreignit la passion du voyeurisme en chantant la chute des nus fleuris :

— L'harmonie des nus est un insoutenable chaos fleuri, chantait-il passionnément, mais l'horreur du grand vide dans la chute des nus fleuris viendra rendre un chacun à son absence personnelle, infinie et éternelle. Et toi tu ne seras jamais fleuri, et tu ne connaitras jamais l'harmonie, parce que toutes les fleurs ne recouvriront pas ton éternité, l'éternité mise à nu par la brûlure du Regard Vrai. Pas fleuri, tu ne seras jamais harmonie, alors monte le regard vers le jour du Regard Vrai !

Un craquement moelleux fit frissonner la dernière vision du nu bardé des fleurs irrémédiablement confondues entre elles. Les nus tendirent les bras vers l'impénétrable Dôme et, pénétrant l'impénétrable Dôme, Tania****** elle, Grand Soleil Immortel déchira les ronces qui enfermaient le ciel. Elle était elle Grand Soleil Immortel brûlant les flammes blanches de la pluie, et les perles noircirent sur leurs épines, les épines qui ne scintillaient plus et qui s'évaporèrent honteusement le long de l'arc en ciel écartelé. Les bandes adhésives s'arrachaient des fleurs en feu et les fleurs en feu se ratatinaient comme des fourmis empoisonnées. Elles n'étaient plus que du néant carbonisé répandu le long de l'escalier gigantesque dont les spirales tremblaient en crissant. Il y eut un autre craquement moelleux, et l'escalier gigantesque s'ouvrit sur lui-même. Il n'y avait plus que du grand vide éternel sous nos pieds, et les nus absents à eux-mêmes chutèrent silencieusement dans l'horreur du grand vide éternel. L'horreur du grand vide éternel avait tout absorbé, mais mes pieds persistaient à flotter. Je levai les yeux. Là-haut, l'Ex m'avait saisi par la gorge, et son autre main déployait des ballons blancs qui s'élevaient dans le ciel libéré.

Mac Caïn et l'envers de la vérité

— J'ai trouvé ! Je commencerai à écrire le Premier Roman par son dernier chapitre ! Il sera le Premier Roman à l'envers ! Plus question de Premiers Romans dans le Premier Roman ou de Premier Roman tout en désordre ! Non, le Premier Roman ne souffre pas la tergiversation ! Désormais on se lance dans l'aventure au dernier chapitre, puis on remonte le Premier Roman, on le remonte jusqu'au premier chapitre où est embusquée l'idée. Voilà un bel arrangement avec la vérité du Premier Roman ! Voilà une autre manière de lui donner une belle ampleur de Premier Roman.

Sixième Tania

Un passant qui n'avait rien à voir avec l'homme dans sa vie venait plus régulièrement que les autres passants. Il vint si régulièrement qu'il finit par tomber amoureux de Tania. Il lui murmurait :

— Tu es la femme dans ma vie. Je vais t'enlever, et nous irons tous les deux partager le monde dans mon automobile.

Alors, un matin, le passant enleva Tania à sa chambre close. Il la porta jusqu'à son automobile, et il l'emmena partager le monde. Ils traversèrent des forêts, des montagnes, des villes et des déserts. Le passant était très amoureux, et il s'arrêtait sans arrêt pour passer du bon temps dans les yeux de Tania. Les yeux gigantesques de Tania qui regardaient partout.

Ils voyaient tout, les yeux de Tania, mais ils ne trouvaient toujours pas l'homme dans sa vie.

L'amour en éther

— ◦ —

CHAPITRE X
L'adieu aux pierres

Nous nous élevions dans le ciel libéré, et sous mes pieds les pierres ouvraient la terre en dégringolades d'horizons abyssaux. Les pierres sensuelles, lourdes, mélancoliques, les pierres qui pèsent, légères, sauvages, mystérieuses et hurlantes de joie, murmurant la panique hystérique, obscures et fragiles, les pierres qui se répandaient toutes ensembles sur la terre embrasée. Elles étaient soudain toutes dévoilées, les pierres jaillies de la terre, elles se dévoilaient à l'infini et à l'infini se consumaient en un même appel dément qui implorait sous mes pieds. Mes pieds continuaient de s'élever, inexorablement ils s'élevaient et se démenaient comme pour redescendre et étreindre les pierres, s'accrocher aux pierres et saisir les pierres toujours plus insaisissables à mesure que s'élevaient mes pieds. L'appel s'éloignait, et bientôt les pierres s'éteignirent dans le silence. Vidées sur la terre comme un marécage de caillots coagulés. Mes pieds eurent un ultime soubresaut vers le grand vide aphone, mais la main qui me tenait s'enfonça plus fermement dans ma gorge. Je levai les yeux. Au-dessus de moi, l'Ex regardait au-delà les ballons blancs déployés dans le ciel libéré.

Et les pierres disparurent tout à fait au travers les nuées.

CHAPITRE XI

La rage des nuages

Je regardais sans comprendre les nuages recouvrir les pierres sous mes jambes inertes quand l'Ex commença de parler de sa voix d'écailles vives qui sautent sous la lame :

— Imbécile qui regarde sans comprendre ! Regarde en avant ! Tu dois savoir les nuages !

Elle désincrusta prudemment les doigts de ma gorge pour me faire pénétrer le savoir.

— Les fleurs s'ouvrent pour faner et les pierres sont mortes sans avoir jamais existé. Je hais les fleurs autant que je hais tes pierres. Les pierres ne sont que de la poussière égarée dans la terre. La terre sans le ciel n'est qu'une même pierre morte. Et le ciel n'est rien de plus qu'un mirage sec et plat comme une pierre s'il n'est pas la piste de danse de mes nuages. Tu ne veux rien comprendre à la danse des nuages ! Tu rampes sous tes pierres pour y trouver le soleil. Tu te vautres sous la terre pour aimer la chaleur du ciel. Lézard malade au coeur mité ! Apprends à savoir que dans notre rage de danser, mes nuages balaient le ciel, ils piétinent le soleil, ils étranglent l'horizon... Notre danse furieuse occupe l'universalité de l'existence. Elle est l'instant absolu.

L'Ex secoue un instant son corps sous les ballons.

— Les fleurs, les pierres, la terre, le ciel, le soleil appartiennent au passé ! Ils sont les réactionnaires de l'univers. Un ciel bleu est aussi écrasant qu'un soleil nu. Si les lézards aiment le soleil quand il se lève au-dessus leurs pierres, c'est parce que mes nuages caressent son réveil, et s'ils l'admirent quand il retourne se coucher derrière leurs pierres, c'est quand la danse de mes nuages vient lui clore les paupières. Mes nuages sont l'unique réalité parce que nous ne cessons jamais de danser, toujours dansants, toujours de l'avant ! Je suis la danse de mes nuages et nous dansons à l'infini dans tout le ciel et le soleil que nous désirons. Le ciel et le soleil sont ce que nous voulons qu'ils soient au moment où nous le voulons. Vois, sous tes yeux, là, en avant, ce sont encore mes nuages qui dansent ! Nous dansons et la danse de mes nuages, c'est notre voyage. Mon voyage n'est jamais immobile. Il va toujours de l'avant et il est infini comme les perspectives de tous les nuages à venir, toutes les danses qu'il nous reste à danser !

L'Ex secoue les ballons de leur immobilité.

— Abandonne tes pierres qui te pétrifient la danse des nuages ! Tu ne peux voir aucun nuage, parce que tu n'y veux trouver que des pierres. Je t'obligerai à être la danse des nuages. Je dis : Je danse donc je suis. Voilà la nouvelle Liberté Dansante ! Mon Ex Lui savait cette liberté, et il dansait comme un nuage. Je t'obligerai à danser comme Mon Ex Lui ! Pourquoi tu ne peux pas danser comme Mon Ex Lui ? Si tu pouvais, tu saurais aussi que les nuages quand ils dansent se croisent, il s'étreignent et ensemble dansent leur éternité sans relâche. Tu ne sauras jamais comme nous dansions ! Mais toi tu n'as rien de Mon Ex Lui. Tu n'es que tes pierres. Nos nuages à nous, ce sont tes pierres à toi, mais dans la danse et en avant. Nos nuages ne sont jamais morts. Ils sont les pierres authentiques. Vois les pierres authentiques !

L'Ex me renfonça péremptoirement les doigts dans la gorge, et je regardais en avant les nuages s'amasser sous mes jambes inertes.

Mac Caïn et la douloureuse ruade

Mac Caïn se rase soigneusement les poils du menton.

Je dis à Mac Caïn :

— Alors, je pense de plus en plus à abandonner le Premier Roman. Tu comprends, je me rends compte qu'il n'a pas de fin. Le Premier Roman est impossible. À quoi bon commencer quelque chose qu'on ne pourra jamais finir ? À quoi bon entreprendre le définitivement impossible ?

Mac Caïn jette le rasoir dans les cabinets et sort un autre rasoir pour se raser soigneusement les poils de la moustache.

Je dis à Mac Caïn :

— Mais la mort du Premier Roman, c'est sûrement une autre farouche impossibilité. C'est peut-être seulement une illusion de ligne de fuite pour s'éviter les douloureuses ruades de l'apprenti, comme un mirage d'eau miroitante que poursuit le mort de soif jusqu'à sortir du désert. Tu ne crois pas ?

Mac Caïn jette le rasoir dans les cabinets, il rajuste ses lunettes devant ses yeux et serre violemment les mâchoires en regardant ses tâches de rousseur toutes soigneuses dans le miroir.

CHAPITRE XII

Qui danse bien dort profond

— Tiens, nous sommes justement éreintés de notre rage de danser, et mes nuages laissent un instant le ciel vide de moi.

Et les nuages se dissipèrent sur une terre sans pierre. Nous étions trop haut sous les ballons blancs pour distinguer s'il restait une seule pierre sur la terre. Si haut sous les ballons blancs que la pierre aurait aussi bien pu être n'importe quelle sombre montagne. Les doigts de l'Ex me labouraient dans la gorge.

— Mais bien sûr que nous nous reposons, lézard insomniaque ! Ceux qui dansent dorment ! Toi, tes pierres t'ont mangé le sommeil. Et maintenant elles ont disparu, mais tu ne dors toujours pas. Tu ne peux pas vivre l'imperturbable sommeil de ceux qui dansent leur éternité sans relâche. Tu ne peux pas savoir comme Mon Ex Lui savait imperturbablement dormir à mes côtés. Mais regarde !

Sa voix s'adoucit comme si la lame tranchait maintenant au coeur de beaux filets sans arêtes. Elle dégagea langoureusement un doigt de ma gorge pour me désigner les étoiles qui commençaient de clignoter dans la nuit.

— Voilà l'obscurité qui vient frotter les paupières des étoiles inutiles pour en chasser le sommeil. Les pauvres damnées d'étoiles... Elles sont comme tes pierres. Elles voudraient pouvoir dormir de l'imperturbable sommeil de mes nuages, mais le soleil coule dans la nuit et elles sanglotent d'épouvante de devoir se remettre à briller. Au même endroit, dans le même néant, du même feu débile, briller et briller encore, toujours et pour rien. Elles sont terrifiées de devoir briller parce qu'elles sont du néant dur dans du néant mou, c'est-à-dire inutiles jusqu'à l'inexistence. Quelle terrible fatalité que l'ostentatoire inexistence des étoiles. Alors il ne tient qu'à mes nuages de soulager leur sort. Il ne tient qu'à mes nuages de surgir de leur imperturbable sommeil, de remplir le néant et envelopper dans leur danse les étoiles pour, le temps d'une nuit, les rendre à leur inexistence invisible, de loin moins répugnante qu'une ostentatoire inexistence de brillant inutile. Mais il ne tient aussi bien qu'à mes nuages d'étendre leur imperturbable sommeil dans autant d'éternités de néant qu'ils le désirent et laisser les étoiles y perpétuer leur condamnation, et briller encore et briller toujours et briller pour rien. Alors, les étoiles comprennent la toute-puissance de mes nuages. Mes nuages sont tout-puissants, uniques existants parce que dansant sans relâche en avant et sommeillant imperturbablement, et cette nuit ils veulent être miséricordieux, parce qu'ils veulent danser encore et recouvrir les étoiles. Mais regarde donc ! Voilà tes nuages qui arrivent enfin !

Loin devant, des nuages se déversaient en roulant sur la terre noire. Ils approchaient en hurlant sourdement et, tandis que les doigts de l'Ex me caressaient amoureusement la gorge, ils se mirent à danser sous mes yeux.

CHAPITRE XIII
Elle danse donc je suis

Les nuages me dansaient un enfant terrorisé par son ombre. Ils dansaient et l'enfant terrorisé fuyait poursuivi par son ombre ; les nuages bousculant les yeux terrifiés de l'enfant pour le cacher dans un parterre de fleurs. Et ils dansaient l'enfant caché sur la cousine pour un premier baiser trop chaud et étouffant sous le parterre de fleurs ; ils étouffaient le jeune homme jaune et sale avalant des verres brûlants pour rallumer le soleil à l'intérieur tandis que les nuages pleuvaient sur les pleurs, mouillant les derniers cheveux miel mouillé noués sur la rambarde du balcon, les larmes amères crépitant sur la rambarde du balcon qui creusaient le trou de verre pilé où le jeune homme hagard cherchait son lézard préféré pour se serrer dans son soleil intérieur ; crépitant sur le toit et, assis dans son lit, l'enfant déguisé en redoutable cow-boy qui écoute ses parents se hurler dessus dans la chambre d'à côté. Les nuages me dansaient le jeune homme sautant la rambarde du balcon pour aller lécher la terrible bouteille à l'odeur de cafard et fumer des mégots au coin de la rue et la fuite de l'enfant affolé fuyant les moustaches qui frisent sur le corps blanc de sa mère ; fuyant le cauchemar du tueur à la pioche embusqué sous la trappe ; fuyant la salle obscure où on lui apprend qu'il tournera jusqu'à sa mort autour du même soleil. Les nuages me dansaient le lac interdit à la baignade où se baignaient le jeune homme insouciant et la jeune femme aux cheveux miel mouillé pour repêcher les pierres qui soudent l'amour ; le trou dans la terre où s'en va sans pleurer la jeune femme aux cheveux miel mouillé ; où l'enfant ne trouvera plus son lézard préféré ; qui se mord la main pour savoir s'il peut saigner encore ; le jeune homme gisant dans la chambre solitaire qu'éclairent les enseignes de la rue ; et le bar lumineux toujours riant d'amis ; l'ami immobile au bout d'une corde ; les carnets d'un premier roman déchirés sur le comptoir.

— Fuir est inutile, dit l'Ex de sa voix de lame qui tranche au cœur de beaux filets sans arêtes. Les nuages sont la fuite.

Les pierres en poussières

Alors, les pierres ne sont que de la pensée en poussières. Des poussières abattues les unes contre les autres. Enfouies dans le fond, les poussières plus légères supportent les poussières les plus lourdes, qui bientôt s'effriteront à leur tour en poussières plus légères pour supporter d'autres poussières plus lourdes. Tout s'abat, tout s'effrite, tout se confond en une même poussière dérisoire. Motte de débris foulée par la première talonnade venue.

Voilà la dernière illusion du poids des hommes.

CHAPITRE XIV
La légèreté en la fin du Premier Roman
ou
Tania comme Tania

Alors, les nuages me dansaient le squelette du Premier Homme, et le squelette du Premier Homme était la terre et le ciel et les étoiles et les pierres, tous recouverts sous le poids de la danse des nuages. L'Ex me souleva jusqu'à son sourire pour me chuchoter comme on souffle une bougie :

— Mon Mien, tes nuages sont enfin arrivés. Regarde comme ils me croisent.

Devant nous, mes nuages croisaient en dansant les nuages de l'Ex. Les nuages de l'Ex s'étaient brusquement immobilisés, et ils commencèrent de s'ouvrir sous la poussée dansante de mes nuages. Mes nuages pénétraient les nuages de l'Ex, s'enfonçant doucement à l'intérieur en dansant, les nuages de l'Ex qui s'écartaient de plus en plus avidement pour recevoir la danse de mes nuages. Mes nuages s'enfonçaient et, quand ils les eurent pleinement pénétrés, les nuages de l'Ex se refermèrent brusquement sur eux. Et tout à coup plus rien ne dansa au ciel. Seuls au ciel, les nuages de l'Ex demeuraient immobiles, démesurément enflés, infinies rondeurs oppressant toute volonté de mouvement. Alors, l'Ex sourit, et une brise essoufflée vint caresser le ciel. Les nuages de l'Ex s'ébranlèrent lentement, et ils se remirent à danser. Mes nuages à moi ne dansaient plus. Je n'avais plus mes nuages. Ils avaient disparu du ciel. Tout n'était plus que ronde danse des nuages de l'Ex. Ils avaient englouti mon squelette de Premier Homme.

— Comme ils dansent, nos nuages ! soupira l'Ex comme une bulle de graisse sur la braise. Maintenant je choisis que Mon Mien danse avec moi sur nos nuages !

Elle lâcha les ballons blancs et, une fois posée sur nos nuages, elle se désincrusta brusquement les doigts de ma gorge pour s'y planter à pleines dents.

— Granse ! Granse ! grognait l'Ex au fond de ma gorge tandis qu'elle secouait la mâchoire pour m'entraîner dans sa danse. Granse !

Elle me culbuta sur nos nuages et, les dents profondément plantées dans ma gorge, elle se mit à danser lourdement sur ma poitrine, me foulant brutalement des mains et des pieds tandis que nous nous enfoncions peu à peu dans nos nuages.

— Granse ! Granse ! grognait l'Ex du fond de ma gorge tandis que nous disparaissions dans nos nuages sous le poids de sa danse. Gr...

La danse s'interrompit tout à coup. Ses pieds, ses mains ne me foulaient plus, en suspens sur moi comme une pleine fourchette de pommes de terre dorées sur laquelle vient de déféquer un moineau farceur. Les dents dans ma gorge s'étaient tu. J'avais encore un œil qui émergeait de nos nuages, si bien que je pus discrètement l'incliner pour comprendre ce qui se passait. Saillant à la surface de nos nuages, les yeux de l'Ex étaient monstrueusement dilatés comme quand, promenant son chien sur la lèvre d'une belle falaise abrupte, on glisse soudain sur une plaque de glace. Ils se dilataient en direction d'autres nuages apparus au-dessus des nôtres. De nouveaux nuages qui dominaient les nôtres et, sur ces nuages, Tania******* elle, danse légère flottait en faisant des oui avec sa peau imberbe, s'approchant et recouvrant irrésistiblement nos nuages de son ombre vierge.

Alors l'Ex s'arracha les dents de ma gorge, elle se dressa sur ma poitrine et, levant les bras vers Tania elle danse légère approchant irrésistiblement, elle écartela une gueule béante pour en arracher un effroyable hurlement. Mais au lieu d'un effroyable hurlement, seule une imperceptible bulle de hoquet creux vint crever à la surface. L'effroyable hurlement était resté coincé en travers l'Ex. Sa gueule demeurait béante, et dans sa langue désespérément hérissée au ciel, l'effroyable hurlement enflait. Il enflait sans pouvoir jaillir, et bientôt la langue saturée de hurlement n'était plus qu'une colossale boule de poils emmêlés qui gigotaient comme des vers suppliciés. Les poils enflaient en s'emmêlant frénétiquement les uns dans les autres, jusqu'à ce qu'un sifflement sourdant du fond de l'Ex les paralysa net. Le sifflement montait du fond de l'Ex, de plus en plus haut et tranchant par-dessus la langue dégorgeant de poils, il s'élevait comme une lame inéluctable par-dessus la langue de l'Ex et, après qu'un dernier frisson lui eut secoué les poils, le sifflement s'abattit et la trancha en deux épaisses mottes étincelantes. Les poils s'embrasèrent comme une torche barbare au fin fond des lourdes forêts, et l'incendie se propagea en l'Ex. Les flammes dévorèrent d'abord les sourcils, les sourcils qui s'en allèrent à la débandade trouver refuge au fond des oreilles ; mais les flammes impitoyables les en délogèrent aussitôt, et les rescapés s'enfuyaient déjà en dévalant le cou, mais il n'y avait plus aucun répit, le feu était partout et le feu aux trousses ils poursuivirent leur retraite roussie sur les seins, le nombril et, en désespoir de cause, ils répandirent l'incendie jusqu'au pubis. Alors, toute la robe s'arracha sans pudeur, et l'Ex dépouillée s'abattit dans une terrible explosion de silence.

Une paix terrifiante écrasait les nuages, terriblement muets et immobiles dans la nuit du ciel. À mes pieds, à l'endroit où l'Ex s'était abattue, une petite pierre finissait de fumer sur les nuages. Je me penchai et la soulevai du bout des doigts. C'était une petite pierre très ronde, lourde du poids de toutes les pierres accouplées en une seule pierre, petite essence de pierre très douce et transparente, parfaitement lisse et sans cassure ni face cachée pour blesser les yeux, et je la soulevai encore pour la frotter contre mes yeux quand, déchirant le ciel comme les ongles furieux dans une lettre parfumée, Tania elle éclair aveuglant m'arracha la petite pierre des mains. Elle tomba comme un souvenir qui soupire, et rien ne froissa le silence quand elle se perdit sur la terre.

Je regardai autour de moi. Le soleil s'était levé, et il brûlait férocement sur des infinités de petites pierres. Il n'y avait plus aucun nuage au ciel. Le ciel n'était plus qu'un reflet desséché de toutes les pierres, et j'étais seul au milieu des pierres qui recouvraient infiniment terre et ciel, toutes semblables, anonymes, informes, gisant infiniment identiques les unes aux autres dans leur désert silencieux. Je trônais sur le désert de mes pierres mortes.

Mais un choc sourd brisa soudain mon royaume.

Tout contre moi, deux hommes très grands, stoïques, avec des lunettes, des casquettes, des uniformes et des revolvers, deux polisseurs de l'ordre étaient en train de m'observer.

Les pierres ne me murmuraient rien dans le creux de l'oreille. Tout demeurait silencieux. J'étais seul face aux deux polisseurs de l'ordre. Alors, je leur tournai le dos, je fermai les yeux et m'enfuis droit devant moi. Je voulais courir, mais je trébuchais sur les pierres, m'assommant, me relevant et continuant de fuir en trébuchant sur les pierres mortes. Je fuyais droit devant moi, jusqu'à ce que je réalisasse que je ne trébuchais plus. J'ouvris les yeux. Il n'y avait plus de pierres autour de moi. Aucune infinité de pierres, sinon un horizon indéfinissable de terre sans pierres.

Dans mes mains, Tania était elle, mes valises soigneusement bouclées. Je me retournai : le regard des polisseurs de l'ordre était lourdement chargé de valises soigneusement bouclées, et il allait s'allégeant pour s'éteindre à l'horizon. Un horizon indéfinissable où tout semblait plus léger.

J'avais dû franchir une frontière.

Changer de pays.

J'étais sauvé.

Septième Tania

Un matin que le passant regardait droit dans les yeux de Tania, l'automobile percuta une pierre qui gisait au milieu de la route. Le crâne du passant perça le pare-brise de l'automobile et alla se fendre contre la pierre. Tania demeurait assise dans l'automobile. Ses yeux gigantesques voyaient tout, mais ils ne trouvaient toujours pas l'homme dans sa vie.

Le soleil enflait dans le ciel creux, et les larmes peu à peu séchèrent dans les yeux gigantesques de Tania. Tania eut bientôt soif, et elle sortit de l'automobile. Devant elle, le passant n'était plus qu'une croûte de sang séché sur la pierre.

Elle contourna la pierre et marcha. Elle marcha droit devant elle, jusqu'à franchir la frontière.

Et Tania est devenue Tania.

Mac Caïn et la fin finale

Mac Caïn ronfle dans son canapé avec une cigarette allumée au bout des lèvres.

Je dis à Mac Caïn :

— Voilà Mac Caïn. J'ai tout transformé en pierres. Qu'est-ce que je fais maintenant ?

Mac Caïn se retourne dans son canapé et la cigarette s'écrase contre le cuir. La cigarette est éteinte et Mac Caïn grogne dans son sommeil :

— N'écris plus jamais de Premier Roman.